祖母的故事

[法]乔治·桑 著

黄清华 译

献给会讲精彩故事的妈妈
和那个最会倾听的孩子

大作家与小童书

——杨筱艳

　　大与小是对立的这谁都知道。大作家，作品多以宽广的题材、厚重的思想著称于世。而童书，是写给小孩子看的，容量与主题似乎都应该是小的。

　　但事实上，很多的大作家都写过"小童书"或是为孩子写过短篇作品。马克·吐温的《汤姆索亚历险记》、《哈克贝利·费恩历险记》跻身世界名著便是很好的例子。E.B.怀特，大家都知道他写过一本鼎鼎大名的童书《夏洛的网》，他其实是一名很有造诣的散文家、幽默作家、诗人和讽刺作家，他还是《纽约人》杂志社专职撰稿人，一手奠定了这本杂志的写作风格。甚至连大文豪雨果都在他的作品《悲惨世界》里塑造了法国小英雄高乐士的形象。

　　记得我还是个中学生时，有一次读契柯夫作品集。最让我难忘的，是短篇小说《渴睡》。契柯夫以悲天悯人的情怀，将目光投注在一个黑暗动荡的大时代的角落里的最无助、最弱小的小学徒身上，用精妙的文字描写了这个孩子苦难短暂的生命中的一天一夜，多年后我再读这篇短篇小说，又被它精湛的写作技巧惊得目瞪口呆，那种漂亮的蒙太奇式的时空转换，那种过去与现在交织缠绕的笔法，真的是足够我们所有人——无论是纯读者还是写作者领会一生、学习一生的。这样的作品，已经很难用"儿童小说"来定义了，它应该是、必须是、也的确是一篇伟大的小说。

　　近年来，在致力于儿童文学的创作与阅读推广的过程中，我渐生一个想法，我们的孩子们的阅读趣味似乎缺少了点儿东西，缺少对那种宽广、深沉、厚实、深远的作品的阅读。

　　值得庆幸的是，已经有出版人关注到了这种缺乏，并开始着手弥补了。这套《大作家小童书系列》丛书收录了《儿童最爱的故事书》、《小木头人历险记》、《祖母的故事》、《胡桃夹子和鼠国王》、《傻子伊凡的故事》、《克里昂伽童话》、《鲁滨逊叔叔》、《世界各国的童话故事》、《晨曦与星仔》等作品，这些作家中，有英国第一位获得诺贝尔文学奖的作家吉卜林，有写出不朽的《苦难的历程》的阿·托尔斯泰，有法国19世纪著名女作家乔治·桑，有德国浪漫主义代表人物斯特·西奥多·阿玛迪斯·霍夫曼，有19世纪中叶罗马尼亚古典作家伊昂·克里昂伽，有俄国著名作家、思想家、19世纪末20世纪初最伟大的文学家列夫·托尔斯泰，有19世纪法国著名小说家、剧作家以及诗人儒勒·凡尔纳，有出生在瑞典的英国画家与作家安东尼·鲁本斯·蒙塔尔巴，有美国著名的小说家、学者迈克尔·杜瑞斯。读他们写的书，就如同与一群伟大的灵魂对话。我们的孩子们，需要从这样的灵魂中学习、反思自己生活与成长的道路，需要从这样的作品中汲取前进的力量，需要从这样的文字里找到真正值得终身追求的东西。

所有伟大的儿童文学作品，都不只有轻的、美的、灵动活泼的东西，伟大的儿童文学作品，都不回避人生的生与死、贫穷与疾苦、沉沦与复生，都有着很深邃的哲学思考，这些思想与思考都隐藏在那些浅显有趣的文字之间。当你静下心来细细品读这样的作品时，就仿佛那些曾经苦难或是曾经关注过时代的苦难的伟大作家，在给你讲述一个个故事，这些故事属于他们那个时代，却可以长久流传，充满趣味，深沉凝重，足以撼动每一个年轻的心灵。

George Sand

乔治·桑

享誉世界的名作：《安吉堡的磨工》、《孔许耶娄》、《魔沼》、《弃儿弗朗沙》、《小法岱特》、《祖母的故事》等。

乔治·桑（1804—1876），法国19世纪著名女作家。她以感情细腻和文笔绮丽著称，凭借发表的第一部长篇小说《安蒂亚娜》而一举成名，是巴尔扎克时代最具风情、最另类的小说家。一生写了244部作品，包括140多种小说，还写了多篇戏剧、论文和童话故事。雨果曾评价："她在我们这个时代具有独一无二的地位。特别是，其他伟人都是男子，唯独她是女性。"

目录

序：给我的孙女奥洛尔·桑

世上到底有没有仙女？

你现在正是喜欢神秘的年龄，是的，你喜欢，这没错儿。

我呢，我相信自然界是有秘密的；否则我就不会把这些秘密讲给你听了。

我们还要研究的就是：那些所谓超自然的精灵、神怪和仙女究竟在哪里？它们从哪里来？它们又会到哪里去？它们对我们有什么影响？将把我们引到什么地方去？这些问题，连许多大人都弄不明白。所以，我写出来，写成一本书，请大人也读一读这些故事。

这些故事是我陪伴你睡觉时讲给你听过的。

你的祖母

会说话的老橡树

——为白友姑娘写

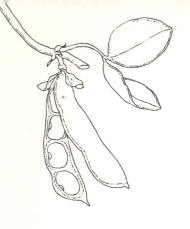

献给会讲精彩故事的**妈妈**和那个最会倾听的**孩子**

很久很久以前，在塞尔纳的森林里，有一棵粗大的老橡树，大概有五百岁了。被雷电劈过了好几次，电火烧焦了枝干，可它总是又重新长出枝叶来。虽然饱受摧残，依然茂盛青翠。

这棵老橡树很早就有了坏名声。邻近村子里最年老的人都说，他们年轻的时候，听说这棵橡树会讲话，曾经迷惑过在树荫下歇脚的人。他们还说，有两个旅行者在橡树下面躲雨，都遭到了雷击。一个人当场被雷劈死；另外一个人逃开了，不过震耳的雷声还是把他吓昏过去了。他及时跑开，是因为闪电亮起来时听见一个声音警告说："快逃！"

这个故事太古老了，相信它的人已经不多。这棵树的名字虽然还叫"说话的橡树"，不过牧羊人靠近它，已经不太害怕了。可是，自从爱米的奇怪遭遇以后，"老橡树是妖怪"的说法，就比以前传得更快更远了。

爱米是一个穷孩子，给人家放牧猪群。爱米没爹没妈，孤苦伶仃，吃不饱，穿不暖，夜里就住在谷仓里。他穷得只能放猪，可他又很讨厌、很害怕这些畜生。畜生们相貌愚蠢，性情刁顽，根本不服爱米的管教。

爱米每天一大清早起身，把猪赶到林子吃橡树的果实；夜晚又把猪赶回村子里来。他穿了一身破烂的衣服，没有帽子，头发被风刮得直竖起来。他瘦瘦的小脸总是苍白的、脏兮兮的，总是一脸的愁闷、惊恐和痛苦。他赶着一群不安分的猪，跟在猪群后面跌跌撞撞不停地跑前跑后，看起来实在可怜。在黎明时分微微的亮光里，他这样赶着猪群在阴暗的树林子里走动，简直像是荒野里被风雨追逐着的小鬼。

这个可怜的小牧猪倌，假如他也像我的小读者那样，有大人照顾，收拾得整整齐齐、干干净净，能过着快乐幸福的日子，他一定也是一个人见人爱的漂亮小帅哥。可是他既不认识字，也不知道什么大道理，他只会说生活上实在不能缺少的词语，可是他太胆小，就算他缺什么，也常常不敢说。他就这样不被人注意，如果有一天大家把他忘记了，也只能算他自己倒霉吧。

有一天晚上，猪群自己回到了猪圈，在吃晚饭的时候，牧猪倌爱米还没有露面。大家也都没有注意到这件事，一直到最后的萝卜汤都喝完了，农庄主的老管家才叫一个小孩子去找爱米。小孩子回来说爱米没有在猪圈里，也没有在谷仓里，平常夜里他总是睡在谷仓的干草上。大家想，他可能去看住在附近的姑母了，于是其他人安心睡觉了，没有人牵挂他。

第二天早上，没人管的猪群闹腾起来，老管家才想起叫人找爱米。她派人到爱米的姑母家去找，发现昨夜爱米根本没去，大家这才觉得有点不对劲儿。自从那夜起，爱米就没回过村子。管家也叫人到邻近的村子去问过，没人看见过他；也到林子里去找过，也找不着他。人们猜想，他被野猪或者豺狼吃掉了？可是他们没有找到他那支有短柄的牧猪杖，也没有发现他那身破衣裳的碎布片，于是人们又猜想他是到别处流浪去了。农庄主说，没什么可惜的，这个孩子没有用处，他不爱护畜生，猪儿也不喜欢他。

农庄主马上雇了一个新的牧猪倌接替爱米的工作，但是爱米的失踪几乎吓坏了所有的孩子。有人说，最后一次看见他的时候，他正朝着"说话的橡树"那个方向走过去，几乎可以肯定，爱米就在那里遇到灾祸了。新来的牧猪倌，小心翼翼地防备猪群往那个方向跑，别的孩子也不敢再到那里去玩耍了。

爱米究竟怎样了？耐心点儿，我就要告诉你们了。

那天，爱米赶着猪群往林子里去，远远望见在大橡树那边，有一丛野蚕豆苗开花了。你们都知道，野蚕豆苗或者小蚕豆苗都要开花的，粉紫色蝴蝶形状的花朵开得密匝匝的，后来再结成你们认得的豆荚。荚里的豆粒，有杏仁那么大，有点儿甜，略微有点儿涩。穷孩子把它当作美味的糖果，这也是不用花钱买的营养品，人爱吃，猪也爱吃它，爱米常常跟猪争抢这种食物。有人说，古代的隐士依靠草根生活，事实上他们最精美的食物，就是法兰西中部生长的这一类野豆子。

爱米知道野蚕豆的豆荚还没有长成熟，还不能吃。他认真记下了野蚕豆苗所在的位置，想等蚕豆长成熟了去采摘。不料他身后跟着一头肥壮的猪，用鼻子拼命地掘起泥土，简直像是要把地面上的一切都毁了。眼看猪鼻子要拱到野蚕豆苗了，爱米心里着急，举起牧猪杖，朝这个畜生的丑面孔上用力打了一棍。棍尖上的一个小铁片，早晨刚磨过，刺痛了猪鼻子，猪疯狂地嚎叫起来。要知道畜生也知道彼此帮助，它们某种求救的声音，会让整个群体愤怒，然后合力攻击共同的敌人。许久以来，这群猪就仇恨爱米，因为爱米对它们不但不亲热，还总

祖母的故事

是下狠手痛打。这会儿听到嚎叫，它们像是听到了号令，集体朝他奔过来，一边拼命嚎叫，一边互相冲撞，把爱米围在当中，像是要吃了他！可怜的孩子抽身逃走，它们竟然追赶上去。要知道，这些畜生看起来蠢笨，有时候的动作却灵活得令人吃惊。爱米仅仅来得及跑到大橡树脚下，抱着粗糙的大树向上爬，躲藏在高高的枝丫里。凶猛的群猪围在树下嘶叫，用力掘土，似乎要把树拱倒。好在"说话的橡树"根扎得牢固，即便一群疯猪又刨又拱，它也纹丝不动。攻击者很执着，看样子不想放弃，它们一直围着这棵大橡树又啃又拱。直到太阳下山，这群猪才悻悻地自己回到村子里去。小爱米相信，他如果跟着猪群回村，在路上就会被吃掉的。他打定了主意，永远不再牧猪了。

爱米早就知道那棵橡树是有魔法的，可是他怕活人，比害怕魔鬼还厉害。他不知道有爸爸妈妈，生下地就受穷，刚懂事就被鞭打，姑母对他很刻薄，他从小就害怕猪，他看见猪就吓得发抖，姑母却说他怕猪是有罪的，强迫他去牧猪。他曾经哀求她，把他收留下来，只要和她生活在一起，做什么都行，可是她用一顿鞭子来回答他。他唯一的愿望是到另外一个村子里去牧羊，那边的人对他也许不会这么冷漠，不会这么悭吝。

猪群走远了，他摆脱了疯猪横蛮的叫嚣和威胁，一下子觉得很快活，他决意留下来过夜。褐色的帆布口袋里还有一点儿吃剩的面包，他被猪群围攻的时候，顾不上吃东西，现在他饿极了，可也只吃掉一半，留下一半明天当早餐吃。以后呢，只有靠上天的恩典了。

孩子们随便哪里都能睡着，可是夜里爱米却睡不着。他的身体很瘦弱，平时常发烧，睡觉老是做噩梦，很少能安安稳稳睡一觉。现在他坐在长有苔藓的两根大树枝当中，竭力想坐稳一点儿。他很困，可是夜风摇动着树叶，摇动着树枝，他害怕，他想到了鬼怪。他很清楚地听见一个又尖锐又生气的声音说了几遍：

"快走！快走开！"

爱米吓得发抖，他喉咙似乎锁紧了，发不出声音。过了一会儿，风停息了，橡树的声音也温和一些了，似乎是一个慈爱的声音在他耳朵边悄悄地说："走吧，爱米，走！"

爱米这才有勇气回答："橡树，美丽的橡树，不要赶走我。如果我下了树，黑夜里跑来跑去的豺狼要吃掉我的。"

"走，爱米，走！"声音更温和了。

"善良的橡树，"爱米带着恳求的声音说，

"不要把我赶进豺狼的嘴里去。你帮我逃离了猪的围攻，你已经对我做了善事，请你好事做到底吧。我是一个倒霉的穷孩子，我不可能，也不愿意做出什么损害你的事情来，请你今夜留下我吧，请你允许，让我明天早上再离开。"

老橡树不再出声了。月光照着树叶，好像镀上了白银一般。爱米心想，他是被允许留下了，事实上，也许他是在做梦，梦到了老橡树说话。他从来没睡得这么香过，没有做噩梦，一觉睡到大天亮。他滑下树来，抖落掉单薄的破衣服上的露珠。

"现在，"他对自己说，"我应该回到村里去了。我对姑母说，猪要吃掉我，我不得不爬上树去睡了一夜。她也许会让我干点儿别的。"

他吃完剩下的一点儿面包，正要上路，一想，应该向保护过自己的橡树表示感谢才对。

"我的好橡树，再见吧，谢谢你，"他吻着树皮说，"我不再怕你了，我还会回来再向你道谢的。"

他穿过荒野，向姑母家的茅屋走去。忽然听到土墙背后有人在讲话。

"这样看来，"一个孩子说，"爱米抛弃了他的猪群，姑母家里也找不着他，他肯定不会回来了。这个没有心肝的懒虫，见到他我一定要用木鞋

痛打他一顿，就是他害得我整天陪着畜生。"

"牧猪的感觉怎么样？"另外一个孩子说。

"在我这个年龄，牧猪是一种耻辱，"先前说话的那个孩子说，"牧猪对于十岁的孩子，像爱米那样的傻小子，还算合适。可是我应该去放牛了，至少可以放牧小牛。"

两个孩子的谈话被他们的父亲打断了。

"赶快，"父亲说，"去干活！至于那个倒霉的牧猪倌，如果他已经被狼吃掉了，就算他活该；如果他还活着被我捉住，我一定要打死他。他哭着求饶也是枉然，他就是应该和猪睡在一起。我要用拳头让他明白，他不该偷懒！"

爱米吓呆了，不敢出声，赶忙钻进麦草堆里躲了起来。他藏了一整天。傍晚，一只母羊在回羊圈的途中，停下脚来啃青草，爱米乘机逮住山羊挤奶。他一边挤，一边喝，喝了大约两三小木碗的奶，才又躲进草堆里去，在那里一直待到天黑。

夜深人静，爱米估计大家都睡熟了，他悄悄

溜进他住的谷仓，拿走了属于他自己的几件东西。几枚银元——这是他的工钱，前一天农庄主付给他的，姑母还没来得及抢走；一张山羊皮，一张绵羊皮，这是他用来过冬的；一把新小刀，一只小土罐，几件破烂的衣服。他把这些东西装进口袋里，想悄悄地离开，可是当他经过猪圈时，那些该诅咒的畜生像是知道他回来了，愤怒地嚎叫起来。爱米担心人们醒来阻拦他，背起行李拼命跑，一口气跑到"说话的橡树"下面。

"我的好朋友，你看我又回来了，"他对橡树说，"允许我在你的枝丫上再过一夜吧，告诉我，你是愿意的吧！"

橡树没有回答。空气很平静，一片树叶都没有摇动。爱米认为橡树是默许他了。他灵巧地爬到他前夜睡觉的大树枝上，酣畅地睡了一觉。

天亮了，他想找一个合适的地方藏银元和行李。他还不知道，怎样才能不被别人看见，不被别人强迫带回村子，他不知道怎样才能够平安地离开这个地方。他攀得更高。在老橡树主干上，他发现了一个黑黝黝的洞穴，是许多年前被雷电劈开的一个窟窿，后来树皮生长合拢，形成了一个圆圆的洞口。树洞里，堆着雷劈遗留下来的灰烬和木屑。

"真的，"孩子对自己说，"这是一张柔和温暖的床，我睡在里面，就不怕做梦的时候会跌下去了。这张床不算大，可是对我来说已经够用了。我得仔细瞧瞧，是不是有什么野兽抢先住过了。"

爱米把这个安身地仔细检查了一遍。他发现这个树洞上面还有一个口子，他想下雨的时候，树洞里肯定不免有些潮湿。他对自己说，这好办，找些苔藓来塞住上面那个洞口就行了。一只雌猫头鹰已经在上面的通道里筑了巢。

"我不打搅你，"爱米说，"可是我要把你下面的通道阻断了。这样，我们就各人住在各人的家里。"

他把自己的巢整理好，准备过夜。安顿妥当后，他坐在树洞里，两条腿悬在洞外，踩在一根树枝上，茫然地想，自己是不是能生活在一棵树上。他盼望这棵树长在树林的中心。只要不在林子的边上，牧羊牧猪的人就不会发现他。他不知道，自从他失踪以后，大家都怕这棵树，没有人敢接近它了。

爱米觉得肚子饿了。他虽然吃得不多，可是他已经有一天两夜没有好好吃过东西了。他想到了野蚕豆，虽然还是嫩嫩的，好歹能吃两口，可也就是吃两口啊。他盘算着，是把野蚕豆苗也拔出来吃呢，还是去找板栗树？

爱米正要溜下树去，才注意到他踩的那根树枝不属于老橡树，是旁边一棵树把光滑结实的枝丫交叉到老橡树的枝丫里了。爱米冒险踏上这根树枝，就攀到旁边的一棵橡树上去了。他又跨到第三棵容易攀爬的树上去。爱米的身体轻巧得像松鼠，就这样从这棵树攀到另一棵树，一直攀越到一棵结满果实的栗树。他摘了很多的栗子。栗子还很小，没有成熟，可惜他不能等它们成熟了。他跳下地来，找到一个很僻静很隐秘的地方，从前有人烧过炭。烧过的火堆周围还留下许多没有烧尽的小木块，又长满了小树。爱米把木炭拢成一堆，石头在刀背上敲出了火星，火星点燃了干树叶，就生起火来。林子里不缺干枯的树枝，火堆烧得很旺。他再到水沟里去把他的土罐子装满了水，把栗子放进罐里，很快就煮熟了。这个地方，野外放牧的人都有这样的罐子。

爱米牧猪的地方，一向离村子很远，他平常牧猪时只在晚间才回去，习惯了在野外自己弄吃的，他能从林间荆棘里很容易地找到覆盆子和桑葚做点心。

"看，"他想，"我已经找到我的厨房和餐厅了。"

身边有一条小溪，几乎被腐叶填平了。爱米有办法让这股泉水变得清洁。他把腐草拨开，让水从沙子和小石子当中滤过，又挖出一个储水的小坑，这样溪水就成了清洁的饮料。这项工作让他忙了一整天，直到太阳下山，他才收拾工具，像松鼠在林子里又爬又跳的，从一棵树到另外一棵树，回到他的老橡树洞里。

他在洞里铺上一大把干透了的羊齿草和苔藓，做成他的床。他听见他的邻居，那只雌猫头鹰，很不放心地在他头顶上"叽里咕噜"地抱怨。

"它要么搬家，"他想，"要么习惯这样住下来。老橡树不是它独有的，也不是我独有的。"

出生以来，爱米习惯了自己照顾自己，习惯了孤独，对树林里的生活一点儿也不感到烦闷，甚至还为摆脱了猪群的烦扰庆幸，感觉到独居真是一种幸福。他已经听惯了豺狼的嗥叫声，爱米渐渐了解了野兽的习惯，他知道豺狼只在远处游荡，很少到他这边来。猪群羊群也不来，村里的农民更不会来。在森林里，白天他从来没有撞见过野兽。白天，只有大雾弥漫的时候，野兽才出动，看得出来也是鼓足了勇气的：它们远远地跟着，但是当爱米回转身来，发出敲击的响声，它们就逃跑了。有时爱米也能听见野猪的叫声，却从来没有看见过它们。爱米想，这是些神秘的动物，不会主动进攻。

收获栗子的季节到来了，爱米忙着储存足够过冬的粮食，他先是把栗子藏在离他的老橡树不远的空树干里，但是老鼠和田鼠总是来又偷又抢，他不得不把栗子深深地埋在沙土里面，这样能一直保存到第二年春天。事实上，爱米已经有吃不完的粮食了。黑夜里，他穿过僻静的荒原，冒着被发现的危险到农民地里挖了些土豆和红萝卜。这是偷窃，爱米也很不愿意这样做。他在抛荒的土地上捡拾了许多野蚕豆，还在荆棘上收集放牧的马遗落的尾毛，细心地搓成绳索，用来捕捉百灵鸟。小小的爱米知道利用一切东西，什么都不会放过。爱米在篱笆上、荆棘上收集了足够的羊毛和破毡，做了个枕头；他又创造了一个纺锤和一根纺杆，学着纺起线来。他把农民围网上的铁丝磨成铁针，用来编织衣物；他利用这样的围网做成捕兔网。他终于有袜子穿、有兔肉吃了。他日夜侦察禽兽的生活习惯，弄清楚荒原上和森林里一切神秘的事情，渐渐成了一

献给会讲精彩故事的**妈妈** 和那个最会倾听的**孩子**

个有经验的猎人。他每次布置陷阱捕捉野兽，总是十拿九稳，因此他的生活简直称得上优裕。

他甚至还有面包吃。有一个傻傻的女乞丐，每过几天总要从橡树脚下走过，每次总要把背上的口袋放下来在树下休息一会儿。爱米看到她来，就从树上溜下来，头顶着山羊皮，捧着一头打死了的野物，装成小鬼跟她换面包。她似乎不害怕，总是呵呵呵一阵傻笑，看上去她同意这种交换，并不懊悔。

就这样，爱米过了一个冬季，一个十分舒适的冬季。很快，夏季来到了，不但很热，雷雨还多。起初，爱米很怕打雷，他好几次眼看着附近的大树被雷劈开了。他注意到"说话的橡树"的梢头，很久以前被雷劈过，新生的树梢像伞撑开的形状，不会像尖锥那样高高伸出头去引来闪电。他终于能在雷声隆隆、电光闪闪之中安睡，就像他的邻居雌猫头鹰那样。

爱米为了谋生忙个不停，如此地孤独，却也简直没有时间自寻烦恼。他深深体会到，独自一人生活在树林里，比留在村子里要艰难得多。可是这种孤独的生活，让他更勇敢、更有智慧并且学会了思考。当他能随心所欲地生活，不需要太多的时间、不需要费太大力气的时候，他开始常常思考起更深远的问题来了。爱米觉得他那颗小心灵常常开始产生一些讨厌的问题。比如，他是不是永远这样生活在林子里，不跟人类打交道了呢？他常常与傻傻的女乞丐卡底西相处，他用兔子或者百灵鸟跟她换面包，他觉得跟这个老妇人之间已经有了情谊。爱米想，她傻，很少讲话，不会把她和爱米交往的经过告诉别人。爱米不再蒙着脸装神弄鬼地去见她，她也不怕他。每次爱米从树上溜下来的时候，总见到她痴痴傻傻地笑着，脸上是一种快乐的表情。有一天，爱米忽然惊讶地发现，每当见到傻傻的老卡底西，他居然也很高兴。他有点儿不愿意承认这就是快乐，可是爱米觉得，有一个人经常来到他面前，不管那人是怎样的，对于孤独的人，简直是一种恩惠。他渐渐觉得老卡底西没有那么傻，他尝试着和她交谈，问她住在哪里。她忽然收住傻笑，清晰认真地对他说：

"孩子，你愿意跟我去吗？"

"哪里？"

"我家里呀。如果你愿意做我的儿子，我会让你又有钱又幸福。"

爱米第一次听到老卡底西讲得这么清楚，这样有条有理，惊讶极了。他有点儿好奇，他想相信她。一阵风吹来，他头上的枝叶摇动着，他听见老橡树说：

"不要去！"

"晚安，慢走，"他对老妇人说，"我的树不愿意我离开它。"

"你的树是一个大傻瓜，"她说，"还是说你自己是一个大傻瓜吧，大傻瓜才相信树会讲话。"

"你以为树不会讲话吗？那就错了！"

"只要是树叶，被风吹动的时候，都在讲话，但是没人知道它们讲了些什么，这就等于什么都没有讲。"

爱米听见她这样解释奇迹，生气了：

"老婆婆，你在胡说。就算别的树真像你说的那样，至少我的橡树明白它心里想的和它说出来的话。"

老妇人耸耸肩，捡起口袋，呵呵傻笑着走了。

爱米猜不透，她是故意装傻呢，还是一会儿清醒一会儿糊涂？于是他悄悄跟着她，躲躲闪闪地从一棵树溜到另一棵树的后面，她没有发觉。她弓着背，头向前倾，半张着嘴，眼睛盯着前面，走得很慢。就这样不慌不忙慢悠悠地走了整整三个钟头才穿过了森林，走进一个小小的村子。村子有些孤单地立在山坡上，后面是一望无际的树林。爱米看见老妇人进了一间破破烂烂的小屋子，小屋子旁边

祖母的故事

还有十几间房子，看起来虽然不像老妇人的屋子那样破败简陋，可实际上也是贫民窟。他没敢走出树林。不过他知道卡底西果真有一个家，可并不比"说话的橡树"上的洞更好些。

　　天快黑的时候，他才回到老橡树上的住处。他累极了，可是很高兴回到了自己的"家"。跟踪老卡底西让他知道了林子有多大，最靠近林子的村庄有多远。不过，看起来卡底西的村子比自己从小长大的塞尔纳村还要糟糕。那个地方荒凉极了，荒地上丝毫没有耕种的迹象，稀稀拉拉几只牲畜在房舍周围吃草，瘦得皮包骨头。村子周围是黑森森的树林，也许，短时间内他找不到比家乡更好的地方。

　　过了六七天，卡底西又来了，她说从塞尔纳村来。爱米向她探问姑母的消息，想看她是不是能明白地回答，是不是够清醒。老卡底西很有条理地说：

　　"那个大南勒特又嫁人了。如果你再到她家去，她会弄死你的，她不愿意你拖累她。"

　　"你在认真讲话吗？"爱米说，"你说的是真的吗？"

　　"是真的。你要么回去继续和猪群一起生活，要么和我一道去找面包吃。你不能永久在林子里生活，这片林子已经卖了，这些老树很快要被砍掉了，你的橡树也要被砍掉的。孩子，听我的话，我们不管生活在哪里，都应该赚钱。跟我去，你可以赚很多的钱，我死了，所有的财产都留给你。"

爱米听这个傻妇人讲得这样有条有理，惊讶极了。他抬头望望老橡树，竖起耳朵想听听它的劝告。

"不要去麻烦那块老木头吧，"卡底西又说，"不要发傻，跟我走吧！"

橡树没有说什么。爱米跟着那个老女人走了。

一路走着，老卡底西说出了她的秘密：

"我出生的地方离这里很远，我和你一样穷，也是一个孤儿。我是在悲伤和打骂当中长大的。我也牧过猪，和你一样，我也怕猪。后来，我也像你一样逃走了。过河的时候，我没注意桥上的木板已经朽烂了，一脚踩空跌下了河。有人把我从水里捞起来时，我已经半死。一位好医生把我救活过来，可是我却变成了傻子，耳朵聋了，连话都不会讲了。医生把我收留下来，可是他没有钱，教士为我募化，太太们送来衣服、酒食以及我所需要的一切东西。我被照顾得很好，很快就恢复了健康。我吃肉，喝酒，冬天房内又有火炉，像公主那样生活，医生很满意，他说：

"'瞧，她已经能听得见了。她已经会说话

了。再过两三个月，她就能做工了，她就能诚实地干活谋生了。'

"漂亮的太太都争着要雇用我。

"所以完全康复后，不知道该去哪家好。我不喜欢干活，因此大家也就不喜欢我了。我本想舒舒服服地做一个贴身侍女，可是我既不会缝纫，又不会梳头。叫我帮厨，到井边去打水、拔掉鸡鸭的羽毛，可是我讨厌那样的工作。后来我索性私自逃走了，总以为换一家就好了，结果你也猜得出来。大家都把我当成肮脏懒惰的人。老医生早死了。我从这家走到那家，到处被人赶。从前大家都把我当成心爱的孩子，现在我不得不离开那个地方了。我和来的时候一样，仍然是一个讨面包的叫化子。事实上，我比以前更惨了。我已经养成了好吃懒做的习惯，别人给我那么少的东西，我根本吃不饱。人们觉得，像我这样身体健康、唇红齿白的人，不应该做乞丐。他们说：

"'大懒鬼，去做工吧！像你这样的，每天到田里捡石子，也可以一天赚六个铜子，老是伸手要，真不害臊！'

"于是，我跛着脚走路，装成残疾人。可是人们还是觉得我有力气，不应该游手好闲要饭吃。于是我想，从前我傻乎乎的时候，大家都可怜我。于

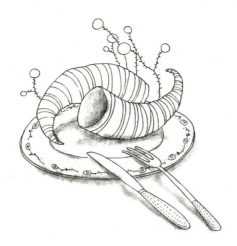

是我再装出那时候的面孔，不说话，光傻笑。我装
得很像，铜钱和面包像雨点一般落进我的口袋。就
这样，我生活了四十多年，从来没有受到善良人的
拒绝。没有钱给我的，就给我乳酪、水果和面包。
有时候面包多得都背不动。吃不完的面包，我用来
养鸡，再把养肥了的鸡拿到市场上去卖，这样我就
赚了很多的钱。我住的村子里，我有一所好房子。
那个村子看上去很贫穷，可是居民却并不穷苦。我
们都是有残疾的乞丐，至少是假装成残疾的乞丐，
大家约好，每人去一个地方，不抢别人的地盘。每
个人做这样的生意挣钱。不过他们没有我挣得多，
因为我装得更像一个不能自谋生路的人。"

　　"真的，"爱米回答，"我从来没有想到你这
样会讲话。"

　　"是的，"卡底西带着微笑又说，"你扮成怪
物从树上跳下来抢面包，你是想骗我、吓唬我。可
是我早就看出来了，我假装害怕，对自己说：'这
个可怜的孩子终有一天要到猥林村里来，他会高高

兴兴来地来我的家。'"

　　爱米和卡底西聊着，不觉已经走到猬林村了，这就是这个装傻的老妇人住的村子，爱米早就见过的。

　　这个村子里看不见人影儿。牲畜没人照料，任意啃草、排泄；公共地带也不过是一片长满了野草的荒地。穿过村子的小路上满是垃圾和污泥。所有的房屋透出臭烘烘的气息，被鸡鸭弄得脏兮兮的荆棘上晒着破破烂烂的衣服，沤烂的茅草屋顶生长着荨麻。看着这一片荒废破败的景象，想起树林里的青翠和清新，爱米感到由衷地厌恶。他跟着老卡底西走进她的茅屋。从外面看，这间房子更像一个猪圈，不像是住人的。可是房子里面却完全两样：墙上挂着帘子，床上铺着上好的羊毛毯和被褥；橱子还储藏着各式各样的食物：面粉、腌肉、蔬菜、水果，还有成桶的酒，有的酒瓶甚至还是蜡封的。这个屋子里可真是应有尽有了，屋后的院子里，是成群的肥壮家禽。

　　"你看，"卡底西对爱米说，"我比你的姑母更有钱。她常常周济我，可是只要我愿意，我穿起好衣服来，比她好看得多。你要看看我橱里面的东西吗？你该饿了，我给你做一顿晚餐，是你有生以来没吃过的。"

真的，当爱米还在称赞橱里东西的时候，老妇人生起火来，她从背囊里取出一个羊头，混合着各种肉块炖上，不吝惜地往里面放作料和她讨来的各种蔬菜。她做了一锅叫不出名字的菜，爱米尝了一口，惊讶超过了快乐。老妇人还强迫爱米喝了半瓶蓝色的酒。他从来没有喝过酒，并不觉得好喝，可还是灌了下去。那老妇人为了做示范，自己喝了整整一瓶，醉醺醺地、滔滔不绝地坦白自己的秘密。她夸耀自己偷盗的本领比乞讨的本领还要高强，甚至把她的钱袋都拿出来显摆。这个口袋平常埋在炉灶里的一块石板底下，袋里有各个朝代刻着帝王肖像的金币，有两千多法郎。爱米简直数不清，所以没有表现出老妇人期待的那种欣喜。

炫耀过后，老妇人说："现在，我想你不会离开我了。我需要一个孩子，如果你愿意侍候我，你就是继承人。"

"谢谢你，"孩子回答，"可是我不愿意做乞丐。"

"那么，也好，你就帮我偷东西吧。"

爱米心里燃起了怒火。可是老妇人转了话头，说第二天要带他去莫维尔市赶集。爱米想认识新地方，想看看怎样在那些地方诚实谋生，他没有发火，只是淡淡地回答说：

“我不会偷，我从来没有学过。”

“你撒谎，”卡底西说，“你在塞尔纳林子里灵巧地偷野物和果子。你以为那些东西不是别人的吗？难道你不知道，一个人想要谋生就必须偷吗？很久以来，那片林子好像是没有人照管。其实林子是属于一个老富翁的，他年纪太大管不了事，那片林子才让人随便采樵。现在他死了，情形改变了，你不能再像一只老鼠那样，躲在老橡树洞里了。别人会捏住你的脖子，把你丢进监狱的。”

“嗯，那么，”爱米又说，“你为什么要教我去偷呢？”

“一个人会偷，就不会被人捉住了。你想想吧。不早了，明天早上要赶集，我们必须和太阳一同起身。我就在柜子上为你安一张床，一张有褥子有被子的好床。这恐怕是你有生以来，第一次像个王子那样安睡呢。”

爱米不敢拒绝。老卡底西不装傻的时候，她的声音、她的表情，都让人害怕。他钻进了被窝。刚躺下去，起初觉得很舒服，可是睡了一会儿，他觉得自己好像生了病：厚厚的羽毛被子再加上喝了酒，浑身像是发了高烧；被褥的、各种食物的、厨房的气味让他透不过气来。他害怕地想，在这样的房里过夜，他一定会闷死的。

卡底西的鼾声好像打雷一般。门已经关严了，窗户也堵上了。爱米只好掀开被子直挺挺地躺着，想念着他的橡树洞、想他的苔藓床。

　　早上，卡底西把一篮子的鸡蛋和六只母鸡交给爱米拿到市场上去卖，叫他远远地跟着她，装作不认识她的样子。

　　"如果别人知道我有东西出卖，"她对他说，"以后乞讨就没人给我钱了。"

　　她定了一个最低价，并且威胁说，她会看牢他，如果他不老老实实地把卖得的钱全数给她，她自然有办法让他交出来。

　　"如果你不相信我，"爱米觉得受了侮辱，"你自己去卖，让我走吧。"

　　"休想逃走，"老妇人说，"不管你逃到哪里，我都能找到你。不要争辩，服从我。"

　　他按照吩咐，远远地跟着她。他看见路旁全是乞丐，一个比一个可怕。他们都是猬林村的居民，他们成群结队地走向那一汪神秘的泉水，表演治病的奇迹。他们有的装聋作哑，有的瘸腿，有的偏瘫，还有的浑身都是令人恶心的伤疤。他们泡进泉水洗过澡，立刻变得健康愉快。这种"奇迹"他们过一段时间表演一次，因为他们的痛苦都是假装的，所以"奇迹"来得特别快。

爱米卖掉了鸡蛋和母鸡，赶快把银钱交给老妇人。他被人流裹着，一会儿到了这里，一会儿到了那里，睁大眼睛看不够。他看见一群玩杂耍的人表演着惊人的把戏，演完了，他看着那些人灿烂的紧身衣，金光闪闪的头饰，真不想离开。忽然，他听见卡底西的声音，循声找去，原来老妇人隔着当帷幕的帆布，似乎和马戏班主人商量着一桩买卖。

"如果你给他喝酒，"这是卡底西的声音，"你就可以随意使唤他。这是一个蠢孩子，对我没有用处。他一个人在树林里，在一棵老橡树上已经住了一年。他轻快灵巧，像一只小猴子，你可以叫他翻最难翻的跟斗。"

"你说他不喜欢钱吗？"马戏班主人问。

"不喜欢，他不关心金钱。你只给他吃饱，他不会再向你要什么。"

"但是他会逃跑。"

"呸！使用你的拳头，他就会听你的话。"

"找他来，我要看看他。"

"你给我20法郎，对吗？"

"是的，如果我中意的话。"

卡底西从帐幕里一伸头，就面对面撞见了爱米。她做了个手势，叫爱米进去。

"不，"他对她说，"我听见你们的交易了。

我不像你说的那样蠢，我不愿意去挨打受骂。"

"你一定要去，"卡底西一把抓住他，要把他拖进帐幕去。

"我不干，我不干！"爱米叫喊着抵抗，一面用另外一只自由的手，揪住他身旁一个人的衣服。

那人转过身来，问卡底西，这是不是她的儿子。

"不，不，"爱米叫道，"她不是我的母亲，她和我没有丝毫关系，她为了钱，想把我卖给演戏的人！"

"你不愿意吗？"

"不，我不愿意！请你救救我吧，瞧！她把我抓出血了。"

"吵什么呀？"一个长得很帅的警察注意到爱米在叫喊、卡底西在咒骂。

"啊！埃朗伯尔警官，没有什么，"被爱米揪住衣服的那个人说，"这个穷妇人要把这个孩子卖给走钢丝的人。我会调解的，警察先生，你不用操心了。"

"哦，万桑老爹！我了解一下情况。"

埃朗伯尔警官对爱米说："小伙子，你把事情经过跟我说一遍。"

老卡底西一看见警察，就放了手，刚想抽身逃走，埃朗伯尔已经捉住了她的胳膊，她立刻怪模怪样地傻笑了起来，一瞬间她又戴上了痴呆的面具。她向爱米递了个眼色，恳求、充满了恐惧。爱米生来害怕警察，他担心控诉了老妇人，埃朗伯尔会用腰间的大刀砍掉她的脑袋。他不觉动了怜悯心：

"放了她吧，先生，这是一个又疯又傻的老婆子。她恐吓我，但是她并不想陷害我。"

"你认识她吗？她不是卡底西吗？她不是一个故意装疯的女人吗？说真话。"

女乞丐又递过来一个眼色，为了救她，爱米撒了谎：

"我认识她，"他说，"这是一个无罪的人。"

"我终究会认出真假来，"帅哥警察放了卡底西，说，"嗨，老妇人，走吧。记好，很久以来，我就盯住你了。"

卡底西逃开了，警察也走了。

爱米怕老妇人，更怕警察，他一直揪住万桑老爹的衣服没放手。万桑老爹看上去温和善良。

"嗯，孩子，"万桑老爹说，"你总该放手了吧？你不用害怕了，你还需要我做什么吗？你要找事情做？你想要一文钱吗？"

"不，谢谢，"爱米说，"现在，我害怕这里

的一切人。我孤身一人，也不知道去哪儿。"

"你愿意到哪里去呢？"

"我想不经过猬林村，回到我的塞尔纳森林里去。"

"你住在塞尔纳吗？太方便了，我带你去。我也正要到那个林子里去，你跟着我走就行了。我先去吃饭，你在这个十字架下面等着我，我吃完就回来找你。"

爱米觉得这个十字架离戏班的帐幕还是太近了，他宁愿跟着万桑老爹走。上路前，他也很需要吃点儿东西。

"如果我在你身边，你不觉得丢脸，"孩子对他说，"我就在你身边吃我自己买的面包和干酪。不过我更想请你吃顿饭，看，这是我的钱袋，你拿去付账吧。"

"见鬼！"万桑老爹笑着叫道，"你真是又诚实又慷慨。我可是大肚汉！现在我的肚子空了，你的钱袋却不算鼓。来，收起你的钱，孩子，我的钱足够付两个人的账。"

吃饭时，万桑听爱米讲述了完整的故事。他对孩子说：

"我看你又聪明又善良，你不喜欢卡底西，也不受金币的诱惑，又不愿意把她送进监狱，忘记她吧。不要再离开你的林子，既然你在那里生活得很好。你不会再孤独地生活了。告诉你吧，我正好要到那里去，我要去安置二十几个工人的住处，我们要去砍伐塞尔纳和拉·蒲朗舍特当中的再生林。"

"啊！你要砍伐林子吗？"爱米惊慌失措了。

"不！我们只在林子的另一端，和'说话的橡树'完全不相干，我们砍伐一些野树。人们不会再砍伐老树区的。你放心吧，不会打扰你的。可是，如果你相信我，孩子，你来同我们一起做工吧。你力气还没有那么大，可是你灵巧，打结子、打柴捆一类的杂差，都用得着你。我们需要一个孩子跑腿、送吃的喝的。现在我负责这件事，工人们是按件付薪的，我建议，你自己考虑一下告诉我，我该给你多少工钱才合理，我还是建议你来做工。老卡底西说得不错，一个人如果不愿意工作，只好去做偷儿或者乞丐。既然你不愿意做偷儿，又不愿意做乞丐，那么，一起工作吧，机会难得啊！"

爱米快乐地接受了，他信任万桑老爹，他情愿听老爹的差遣。他们一齐踏上回林子的道路。

到塞尔纳树林时，天色已暗。万桑老爹虽然认识路，可是要在黑暗中找到那个小小的角落，还是很困难。幸亏爱米习惯了像猫儿一样在夜里看东西走路，抄近道把老爹领到了目的地。他们找到了前夜到来的工人已经安顿好的住处。板屋用带着枝叶的松树枝搭成，上面盖着大片的苔藓和草皮。老爹把爱米介绍给工友们，大家都很喜欢他。爱米喝了热乎乎的浓汤，睡得特别香。

早晨起来他就学着生火、煮饭、洗罐、打水，帮助盖另一栋板屋，这栋房子要住二十多个工友。万桑老爹指挥和监督，对爱米的智慧、灵巧和敏捷感到惊讶。爱米很努力，学得很专心，他还会巧妙地干活。大家都说他不像是个孩子，倒像是树林里的小神灵。爱米聪明，勤快，还很谦逊，乐意服从。大家都很喜欢他，连最粗暴的工友跟他讲话也很温和。

过了几天，爱米请求万桑老爹，是不是可以允许他回到他愿意去的地方，去过他的休息日。

"当然可以，"万桑老爹回答，"但是，如果你听我的话，你应该去看看你的姑母和村子里的人。你的姑母虽然不愿意收留你，看到你能不靠她而自谋生路，她会很高兴。如果你担心村子里的人责怪你丢下了猪群，我就跟你一道去，我能说服他们，我能保护你。孩子，工作是最好的保证，工作可以洗净所有的污点。"

爱米感激地让万桑老爹陪着他回村子去了。姑母以为爱米早死了，看见他活着回来，十分害怕。他并没有把自己的奇遇告诉她，只说他正和工友们一起工作，不会再拖累她了。万桑老爹证实了孩子的话，并且说他很看重爱米，把他看成是自己的儿子。村子里的人请他们又吃又喝。大南勒特姑母还当着众人的面抱吻爱米，为了表示好意，又送了他几件旧衣服和五六块干酪。总之，这次爱米回来，一切误会都消除了，大家重归于好，哦，不，比以前更好。

回来经过荒原的时候，爱米对万桑老爹说：

"如果我想到我的橡树那里过一夜，你会不会责备我？我一定在日出以前回到工地。"

"随你便吧，"老爹回答，"你真的要像鸟儿那样睡在树枝上吗？"

爱米告诉万桑，他跟老橡树之间有着忠实的友谊，万桑含笑地听着，起初有点儿怀疑，后来相信了。他跟着孩子到了老橡树脚下，想看看孩子藏身的所在。万桑老爹费力地爬到了洞口。老人的身体又健壮又灵活，不过树枝当中的通路对他来说实在是太狭窄了。只有爱米才能从缝隙里溜过去。

"很好，很可爱，"这位好人溜下树来说，"但是你不能在上面永远住下去。树皮在生长，终究要把这个裂口长满的，你自己呢，也不会老是像一根草那样瘦小。将来如果你需要的话，我们可以用刀把裂口劈大一些。如果你愿意，这件事我来办。"

"啊，不！"爱米叫道，"用刀劈我的橡树，会把它弄死的！"

"它不会死的。在一棵树生了病的地方修修剪剪，只有让它长得更好。"

"好吧，以后再说吧。"爱米放心了。

他们彼此道了晚安，就分手了。

爱米重新回到他栖息的树枝上去。这是怎样的快乐呀！他觉得离开这里好像有一年那么长久了。他回想到在卡底西家里过的那可怕的一夜。他想到猬林村里的那些人，他们把金币藏在草褥里，自己以为很富有，而实际上，他们在耻辱和腐朽中讨生活，实际上还不如他爱米。他没有做乞丐，一年多以来就住在一座用绿叶做成的宫殿里，内心里既没有虚假也没有邪恶，嗅着紫罗兰的芬芳，听着夜莺和百灵鸟的歌唱，辛辛苦苦谋生，不因为贫穷而苦恼，也不因为贪心受别人的侮辱，他幸福着呢。

　　"猬林村的一切人，先从卡底西说起，"他对自己说，"他们藏起来的钱，足够建筑舒适的小屋，布置美丽的花园，畜养肥美干净的家畜。他们太懒惰，他们享受不到本来能够享受的幸福，却让自己烂在耻辱中，反而以这些为荣。他们讥嘲怜悯他们的好人，他们下手偷真正的穷人，欺负那些受苦而不抱怨的人。这是怎样羞耻、怎样疯狂的生活啊。老卡底西不是装傻，是真傻。万桑老爹说得对，只有用自己的劳动，才能创造永远的快乐！"

　　太阳出来前一个小时，爱米惊醒过来，因为他一直告诫自己不要睡过了。他看看四周，迟升的月亮还没有落下。鸟儿还没有开始歌唱，邻居雌猫头鹰还在巡夜，这会儿还没有归巢。静寂真是美妙，林子里很少有静寂的时候，因为总有些生物在攀援，总有些果子或枝叶在坠落。爱米享受着美妙的静寂，享受着清凉。他回忆起赶集那天，庙会上的喧嚣简直要把耳朵都震聋了，马戏班的大鼓"咚咚"的响声、买卖双方的大声争吵、受惊扰动物的嚎叫、醉汉嘶哑的歌声，一切声响都让人惊异、恐慌，跟林子里轻轻的、庄严的、神秘的声音比较，它们之间有着怎样的差异呀！一阵微风吹来，树梢轻轻地颤动。橡树好像在说：

"安静吧，爱米？安静吧，满意吧，小爱米。"

"所有的树都会说话。"卡底西曾经这样告诉过他。

"这是真的，"他想，"它们都有自己的话，有自己的叹息，有自己的歌唱。可是那个凶恶的老妇人说，它们不知道自己说些什么。她在撒谎。树是天真地在诉苦、在欢唱。她不会懂，因为她心里只有邪恶。"

爱米准时去上工。他在万桑老爹那里工作了整个夏季，又继续工作了整个冬季。每个星期六的夜晚，他就回去睡在橡树的枝丫上。星期天回塞尔纳村去短暂拜访一下，再回到他的树洞里，一直待到星期一早上。他长高了，可还是那样清瘦，总是干干净净的，有一张聪明可爱的脸，大家都喜欢他。万桑老爹教他识字和计算，他学得很快，大家都称赞他聪明。他的姑母一直没有孩子，现在想把他留在自己身边，她现在觉得爱米很懂事，对一切事情都看得很准，这样的孩子能为她增光添彩、能给她幸福的晚年。

不过爱米喜爱的只是林子。在那里，他可以听见、看见许多别人听不出、看不见的东西。在漫长的冬夜里，他特别喜爱松树，积雪沿着黑色的细枝，描绘出雪白美丽的轮廓。雪花软绵绵地躺在树枝上，被微风轻轻摇动，颤巍巍的，好像彼此在神秘地交谈。树枝美丽的形体，好像都在酣睡。他常常带着尊敬和恐惧望着周围的景物。他担心自己发出轻微的声音，做出轻微的动作，会惊醒黑夜里静寂的美丽仙子。晴朗的夜晚没有月光的时候，星星闪耀着钻石般的光亮。在缥缈的夜空，他似乎看到了这些幽灵，甚至看清了她们的衣裳的褶皱和银发的波纹。到快融雪的季节，她们改变了形态和姿势，他听见她们从树枝上落下来时，带着清新柔软的声音，一接触到地上雪白的地毯，便轻轻地跃起，好像要飞向别的地方去一样。

他喜欢沿着林中的小径，去探望薄霜雕成的环佩和被朝霞映出彩虹的钟乳。当冰雪封锁了小溪，他必须打破坚冰取水，也总是谨慎小心，尽量避免毁损了溪涧上水晶般的建筑。

寒夜里，落叶树木的枝丫，在布满红霞的天幕上，或者是在被明月照亮的云彩的灿烂背景上，绣出了黑色的图案。一到夏季，在树丛中又举行着怎样热闹的虫鸟合奏的音乐会啊！他专门同那些专吃巢里幼鸟、鸟蛋的老鼠和黄鼠狼做不懈的斗争。他做了弓和箭，射杀那些老鼠和毒蛇，每次都是百发百中。他小心地绕开那些美丽而无害、在苔藓上文雅地蜿蜒的水蛇，还有那些只吃松子、会灵巧地剥出松仁的松鼠。

爱米保卫他的老橡树周围的生物，大家彼此熟悉，他在它们中间自由行动。他明白黄莺在感谢他救了巢里的小鸟，特别为他唱出最美的曲调。他不许蚂蚁在他附近修巢筑穴，他却让啄木鸟在林子里工作，好让它啄出伤害树木的虫子。他驱逐蝶蛹，不让它们栖息在叶子上。他对贪食的金龟子丝毫不留情面。每个星期天，他给他亲爱的老橡树来一次彻底的清扫。真的，从来没有一棵橡树像它这样健康，生长得这么茂盛，青枝绿叶这样鲜明。爱米捡拾壮实的橡子，播种在附近的荒原上，他特别关心刚出芽的幼苗，不让别的灌木和菟丝子阻碍它们的生长。

爱米跟野兔特别亲密，从不猎取它们。他在树上看着它们在蛇胆草上跳跃，看着它们像疲乏的狗那样，侧着身子躺在地上睡觉，忽然间，一片枯叶坠落的声响，就惊得它们很滑稽地一下子跳起来，一会儿又站住不动。好像在受惊之后要好好思考一番。大热天，当他走累了需要小睡一会儿的时候，遇见大树他就爬上去，选一个能躺下来的枝丫，他听着树叶用单调的、安抚的低语催眠。他最爱的还是他那棵老橡树，在那儿，他才会睡得最熟最甜。

砍伐工作完成，他必须离开那片亲爱的树林了。爱米要跟着万桑老爹到狷林村五里外的地方去，在另外一个地区砍伐。

自从赶集那天以后，爱米就没有来过狷林村这个坏地方，也没有看见过卡底西。她死了吗？她被关进监牢里去了吗？没有人知道。许多乞丐都是这样，没有人知道他们的下落。没有人寻找他们，也没有人怀念。

爱米很善良。他没有忘记从前在他那些孤寂的日子里，那个傻傻的穷妇人每过几天就到他的橡树下面来，让他能换到面包，让他听到人类的语言。他向万桑老爹说了他的心愿，说他想去看看老卡底西，于是他们经过狷林村时停留了一下。这一天，这个神秘的地方正在举行盛会。人们在碰杯喝酒，敲着罐子高声唱歌。有两个没戴帽子的女人，头发在风中飘舞，正在一家门前打架。孩子们在污秽的泥地里打滚。他们一看见爱米和万桑老爹，就像一群受惊的野鸭那样飞开了。这一来像是给村民报了警，喧闹声戛然而止，家家户户的门"嘭嘭"地关上。家禽也躲到灌木丛里去了。

"这些人不愿意别人看见他们游戏，"万桑老爹说，"你知道卡底西住的地方，我们径直去吧。"

他们敲门，没有应声。敲了很久，终于听见嘶哑的嗓子叫道："进来！"他们这才推门进去。苍白、瘦削、相貌可怕的卡底西，坐在火炉边的一把大椅子上，她枯瘦的手紧贴在膝头上。她认出了爱米，脸上露出了欢乐的表情。

"终究，"她说，"你还是来了，我可以安心地死了！"

她向他们解释，她瘫痪了。每天早上起身、晚间上床睡觉，甚至吃饭，都要靠别人帮她。

"我不缺什么，"她说，"但是我很担忧，我担心我可怜的那点儿钱。钱就埋在我搁脚的这块石板底下，这些钱我决定留给爱米，他是个好心的孩子，在我把他卖给坏人时，他还救了我，我这才没有进监牢。我知道，只要我断了气，我的邻居就会涌进来，挖地三尺寻找我的宝贝。也因为他们知道我有钱，现在才愿意照顾我。这点儿钱让我寝食难安。爱米，你把钱拿走吧，走得远远的。如果我死了，这钱就是你的，是我送给你的。从前我不是已经这样承诺过吗？如果我还能恢复健康，你再给我送回来。你很诚实，我相信你。钱最终是你的。

不过我喜欢看钱、数钱，我喜欢钱，有钱我就有快乐。"

爱米起初坚决不要。这是偷来骗来的钱，他厌恶。但是万桑老爹答应替卡底西保管，她随时可以再要回去。如果她死了，他会以爱米的名义保存这笔钱。万桑老爹的正直在附近很有名，他的钱都是诚实地赚来的。老卡底西一生到处流浪，深知这一切，自然知道万桑老爹是可以信赖的。她请两人把板屋门紧紧拴上，然后把她的座椅挪开，再搬开火炉旁边的那块石板。石板下面的钱，比她第一次给爱米看的时候又增加了许多。一共有五个皮袋，大约有五千金法郎。她只想保留三百银法郎，来支付邻居照顾她的工钱和她自己的丧葬费。

看到爱米用轻蔑的眼光瞧着这些宝贝，卡底西说：

"将来你会知道，贫穷是一种灾难。如果我不是因为这种灾难吃了太多的苦，我就不会那样做。"

"只要你忏悔，"万桑老爹说，"上帝会饶恕你的。"

"自从我瘫痪以来，"她回答，"我就天天忏悔。我会死于忧愁和孤寂，我不喜欢邻居们，他们也不喜欢我。我时常想，我该重新做人，可是来不

献给会讲精彩故事的**妈妈**和那个最会倾听的**孩子**

及了。"

爱米告诉老卡底西，他将跟随万桑老爹去做另
一件工作。他说，虽然很怀念塞尔纳的树林，但是
他有责任感，更愿意忠实履行责任。爱米答应再来
看她。

八天以后，爱米又回来看卡底西。进村时，
正碰见村子里的人把她的棺材放到一匹驴拖的小车
上去。爱米跟着丧车到教区的墓地，参加了她的葬
礼。回来的时候，看到村民都到她家里抢东西，老
卡底西屋子里被洗劫一空，为了一块破布，也有人
打得头破血流。爱米庆幸老妇人的宝藏早就转移
了，没有落在这些人手里。

他回到伐木工地，万桑老爹说：

"你太小，还不能妥善保存这些金银，会让别
人偷走的，你不会支配它。如果你同意我做你的监
护人，我会精心保管，到你成年那一天，连本带利
一并交还给你。"

"照你说的做吧，"爱米回答，"可是，既然
像那老妇人夸耀的，这是偷来的钱财，最好还是把
它们还给原先的主人，你说好吗？"

"还给谁呢？老卡底西装傻到处求布施，她
简直是一文一文偷的，我们不知道这些东西原本属
于谁，事实上也没有人来索取。金钱本身并没有罪

过，可耻的是那些偷钱骗钱的人。卡底西本来是一个弃儿，她没有家，也没有继承人。她把她的钱财给你，并不是感谢你为她做了一些好事，而是因为你饶恕了她。我觉得你应该接受。而且老妇人把钱送给你，这是她一生做的唯一一件善事。还有，我不想瞒你，这些钱的利息，就可以让你不必做工了。不过，如果你是我想象中那样的好人，你还是应该继续努力劳动，好像你并没有什么财富一样。"

"我一定照你说的去做。"爱米回答，"我想跟你住在一起，常常听你的训导。"

爱米信任他的恩人，仰慕他的人生导师，事实证明他没错。万桑老爹把他当成自己的孩子，他像是爱米的一个慈善的长辈。

爱米长大成人后，他和老爹的一个孙女儿结了婚，他没有用他的本钱，每年的利息积累起来，对于那个时代的农民说来，也算是很富裕了。他的妻子美丽、勇敢、善良。附近的人们都赞美这对青年人、祝福他们。因为爱米有学问，他待人处事表现得很聪明，塞尔纳林子的业主们选他做了森林的总管，为他在"说话的橡树"附近，老树林深处的最美丽的地方，修筑了一所漂亮的房屋。

爱米已经长得太大，不能进到他从前的树洞里

了。老橡树的树皮渐渐修复，那个"小房间"长得差不多快合拢了。爱米老年的时候，看见树洞快要完全封闭了，他用钢针在一块铜板上刻上他自己的姓名，刻上他在树上栖息的时间，还有他生活的主要经历，最后附着这样的祷词：

　　天上的火、山间的风啊，饶了我的朋友老橡树吧。让它能看见我的孙子和孙子的孙子长大。和我交谈过的老橡树啊，你要时时劝告他们，让他们爱你，就像我爱你那样。

　　爱米把这块刻字的铜牌放进他睡过觉、做过梦的树洞里。

　　树洞缝隙完全合拢的时候，爱米也走完了一生，可是老橡树仍然活着。它不再说话了，即使它说话，人世间也再没有耳朵能听得懂它的意思了。大家不再害怕它。可是爱米的故事传播开了。前人留下的美好回忆，让这棵橡树永远受人尊敬，被人祝福。

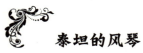

泰坦的风琴

一天夜晚，著名老音乐家安吉南即兴演奏了一曲，我们听得热血沸腾。我们听他的演奏永远会那样感动。忽然，钢琴里的一根弦断了，断弦的轻微声响，我们的耳朵是听不出来的，但似乎在艺术家紧张的神经上发生了霹雳般的剧烈震动，他把椅子用力地向后面一推，搓着手掌，捻着手指，好像这根断弦弹伤了他的手指，他还情不自禁地叫起来：

"泰坦的鬼，滚开！"

希腊神话中，泰坦是上古时代的神族，号称巨人。他们反叛天帝，山上叠山，搭成云梯要爬上天宫，被众神之父朱庇特用雷火击毙。人们知道老音乐家一向谦恭有礼，这句粗话自然不会影响他的名誉。可是他的情绪看来实在反常。

"我常常遇见这样的事，"他对我们说，"当我演奏到刚才那个章节的时候，一个意想不到的声音总是搅扰我，我的手指就不听使唤了，这种感觉太痛苦了，立即让我想起那个又悲惨又幸运的时刻。"

又悲惨又幸运！我们再三请求他解释明白，他答应了，讲了下面这个故事。

你们都知道，我是阿勿尔尼人，从小受穷苦，我甚至不知道自己的父母是谁。我被慈善机构养大，后来又被让西芮先生收留。他是一个音乐教授，克列孟大教堂的风琴师，大家都叫他"让老师"。我因为参加孩子唱诗班，才成了他的学生，他还想教我练习声乐和演奏键盘乐器。

让老师是个怪人，他是典型的古典音乐家，却有我们想得到的一切怪脾气，想模仿都模仿不来，他却习惯成自然，发起脾气来就让人害怕。

他有才华，不过远不如他自夸的那样才高八斗。他在城里教琴，课堂上是个好老师。他有时候高兴起来也会教我。不过，与其说我是他的学生，倒不如说是他的仆人。因为我替他掸去琴键上灰尘的次数，远远比弹琴键的次数多。

这样三天打鱼两天晒网的学习，不仅没有妨碍我爱好音乐，还更加让我白天黑夜都做着音乐梦。我干什么事都带着一股傻劲儿，你们读完这个故事就知道了。

有时候，为了拜访他的朋友，或者为了修理主顾的乐器，他会到乡间去，我也跟着。那个时候，在外省，很少人家有钢琴，教琴的老师，就不得不降格当修理工，调理琴弦，校准琴调，拿一点点酬金。

有一天，让老师对我说：

"孩子，明天天亮你就起身，用荞麦把比比喂饱，给它配上鞍子，挂上行囊，你和我旅行去。你要穿上新鞋子和那件台球桌布般绿色的衣服。我们休两天假，到商杜格的神父那里、我的哥哥家里去。"

比比是一匹小马，瘦削，但很有力气。让老师常常骑它。我有时也骑上去，坐在老师的背后。

商杜格的神父是个老好人，让老师家里难得的好人。商杜格是深山里的教区，像是在陌生世界的沙漠里，一个野蛮部落居住的地区。

凡是让老师的吩咐，都得准时办到。凌晨三点钟我就起床了，四点钟我们已经踏上了山路。中午我们休息了一会儿，在一家阴冷的旅馆小房间里吃了午饭，这家旅馆建在荒原边上，荒原上只有灌木丛和火山岩。午后三点钟，我们动身横穿沙漠。

路不好走，马儿走得很慢。一摇一晃的，我在

马上几次睡着了。我研究过怎样在马背上打瞌睡，还能叫让老师发现不了。比比不仅仅是载了一个大人一个孩子，在它背上，差不多靠近尾巴了，还载着一只窄长的小皮箱，里面乱七八糟地摇荡着让老师的工具和修琴的零件。我就靠在这只小皮箱上，不朝让老师背上趴，他的肩膀从没感觉过我睡梦中摇晃的脑袋，他只能从影子来看我。这个我也研究过了，我索性采取一种固定的姿态，这样他无法明白我的企图，侦查也没有用。不过有时候他也会怀疑，用马鞭朝我的腿抽上一鞭，说：

"当心，小鬼！走山路不能打瞌睡啊！"

走过一段平地，我突然一个机灵惊醒过来。有危险吗？让老师低着头，我想他自己也睡着了。脚下还是平地，长着矮矮的棠球树灌木，可是在我的右边，却是黑沉沉长满杉树的山岭；左边是圆圆的水坑，很像是古代的火山喷口，水面映出低沉多云的天空。灰蓝色的水像熔化了的铅，发出金属的暗淡光泽。圆坑整齐的堤岸遮蔽了远远的地平线，看起来我们已经站在一个很高的平面上了。我不知为什么很害怕，云雾低低地盘旋在头顶，好像天快要塌下来了。

让老师也醒了。"让比比去吃草，"他跳下马来对我说，"它要休息一下。我不知道是不是走错

献给会讲精彩故事的**妈妈**和那个最会倾听的**孩子**

了路，我看看。"

　　他走开了，隐没在灌木丛里。比比啃吃青草，偶尔舌头也去卷好看的野丁香花。千万朵美丽的花儿在荒凉的草地上迎风摇摆。我呢，在草地上跳跳蹦蹦取暖。虽然是盛夏的季节，高山上的风还是很冷。四下里看不到人影，我觉得老师去探路，好像去了一个世纪那么漫长：荒山上有狼群出没吧？比比虽然瘦，还是能引诱豺狼的。我比它还要瘦小，我保护不了比比，甚至也保护不了自己。要去的那个地方看上去很可怕，老师还说是游玩，是休假，在我看来，分明是一次危险的旅行。也许这是一种预感，不是吗？

　　老师终于回来了，他说没走错路。于是我们再骑上比比缓缓前进，比比似乎并不灰心，"格登格登"走得挺带劲儿。

　　现如今，这条路已经是康庄大道了，可是那次和让老师、比比一起走的，还是一片没有开垦的荒原。我是第一次经过这里，道路狭窄，崎岖不平，让人无法下脚。有好几处道路被高山上崩坍下来的岩石挡着，到了平坦的地方，路上茂密的青草又把车辙和马迹都遮掩了。

　　我们下坡又上坡，转过北边的山岭，朝南边走。清新爽朗的山风扑面而来。太阳正在西沉，西面的天空和山岭异常美丽，这是我有生以来见过的最美的风景。路旁的荆棘和灌木丛里，盛开着野玫瑰花。低头看山下，是一片低洼的平原，侧面隆起的玄武岩，像是两排高大的纪念碑。峰峦上有火山爆发时形成的峥嵘突出的棱角，很像堡寨的废墟。

我在克列孟附近曾经见到过玄武岩的箭形峰峦，还从来没有看到过如此雄伟而又有规则的形状。其中一座岩石生得稀奇古怪，一些棱形的石头被螺旋形的石头包围着，好像是巨人雕刻的杰作。

从我们站立的角度看去，有两座山峰好像连在一起。事实上它们被一条深谷隔绝开来，山谷里河流奔涌。远远看去眼前是一片翡翠般的草原，近看却是嵯峨的山岭，高低起伏，像是岩石组成的森林。在遥远的地方，在落日的光辉里，我们还能看见茅屋和牛群若隐若现。在远景的尽头，阳光沉没在深谷里，天边呈现出蔚蓝的锯齿形，这是杜门群峰把它们锯齿形的侧影，投射到了天幕上。一排排高峰屹立着，像一尊一尊的高塔。

我们脚下的这座山，更显得荒凉。从斜坡上，山毛榉的丛林里，泻出千百条喁喁私语的飞泉，笔直耸立的山岩长满了攀援的葛藤，洞穴间渗出珍珠般的水滴，给了苔藓充足的水分，岩石穿上了丝绒般的绿衣裳。幽深的山谷，因为有无数的转折，遮

献给会讲精彩故事的**妈妈**和那个最会倾听的**孩子**

断了我们的视线。眼前的美景，就更富有神秘的意味。

事后，我曾经又转回去看过这两座壁立的玄武岩，它们站在荒原的边界像是都尔山脉的大门，我终于明白为什么第一次看见它们的时候有些晕眩。那时候还没有人告诉我什么是自然美，我只是本能地感觉到它的庄严。

我跳下马来，呆呆地欣赏着眼前的美景，我忘了上马。

"喂，喂，"让老师向我叫道，"你站在那里做什么？傻瓜！"

我赶忙追上去，问他这样奇怪的地方叫什么名字，我们走到哪儿了。

"哼，你自己才奇怪呢。"他回答，"这个地方本来就不同寻常，这里太可怕了。我不知道叫什么名字，你看见的那两个高峰，叫桑那多瓦崖和杜里页尔崖。少管闲事，上马！当心！"

我们转过玄武岩，面前出现了万丈深渊，我有些晕眩。不过并不害怕。让老师不是生长在山里的人，他成年以后才到阿勿尔尼来，也许他不像我那样习惯高山的环境。

以前我从未为自然界的变化感到惊异，从那一天起，我才领略到自然变化的力量，我沉吟片刻，面向桑那多瓦岩，问让老师："谁造了这些东西？"

"当然是上帝。"他回答，"你是知道的。"

"我知道。但是为什么他弄得那样破碎？好像在他创造之后，又加工了一下。"

这个问题难住了让老师，因为他一点儿也不懂地质的自然法则，他像那个时代的许多人一样，还不相信阿勿尔尼是火山形成的。可是他不愿意承认他的无知，因为他自夸过他受过好的教育，无所不知。他加重语气对我说：

"你看见的，是泰坦神家族爬上天宫时架的梯子。"

"泰坦神家族？什么是泰坦神家族呀？"我追问，他快要发脾气了。

"他们，"他回答，"他们是可怕的巨人，为了推翻朱庇特王的统治，他们在岩石上面堆岩石，山顶上面叠山，想爬到朱庇特王那里去，但是朱庇特用雷霆轰打，这些破碎的山峰，这些迸裂形成的深渊，这里的一切，都是大战的痕迹。"

"他们都死绝了吗？"我问。

"谁？泰坦家族吗？"

"是的。他们还有子孙留下来吗？"

让老师嘲笑我的无知：

献给会讲精彩故事的**妈妈**和那个最会倾听的**孩子**

“不错，他们的子孙还留下来几个。”

“很凶吗？”

“可怕极了！”

“在这些高山上，我们看得见他们吗？”

“嗯！嗯！那很可能的。”

“他们要害我们吗？”

“也许！但是，如果你碰见他们，只要你赶快脱帽，深深地鞠躬敬礼，他们就会放过你。”

“但愿不遇见他们就好了！”我回答。

让老师以为我听懂了他的讥讽，就不作声了。我却更糊涂了。黑夜快要降临，我心里充满了恐惧，岩石和形状可疑的大树总让我一惊一乍，直到逼近它们，看清楚了，我才放心。

今天你们如果问我商杜格教区在哪里，我很难说清楚。因为从那以后，我没有再去过，而这个地方在地图上找不到。那时候我只盼望赶快到达目的地，越走我越害怕，觉得路程实在太遥远。其实并不太远，我们到达那里时，天色还没有全黑。沿着蜿蜒的河流，我们绕了许多圈子。其实我们早就错过了桑那多瓦崖了。我们又拐来拐去，面向南方走，终于，在几百米远的岩石下，看见了枯瘦的葡萄藤。

我还清楚地记得那个礼拜堂，记得神父的住宅和三户人家，那就是整个的村子了。小村子坐落在高山脚下避风的平坦山坡上，道路很宽，随着山坡的形态，缓缓延伸下去。道路修得还不错，整个教区的居民，大约有300人，住得稀疏遥远，每逢礼拜天，人们可以全家坐着牛拉的四轮车来做礼拜。牛车又窄又长，好像原始人的独木船。除了热闹的礼拜天之外，这个小村安静得像是沙漠。屋顶都隐藏在谷底浓密的树林里，山里牧羊人的板屋搭在岩石的裂缝里面。

商杜格的神父，虽然离群索居独自住在这样偏僻的地方，可是他肥胖高大，满面春光，像大教堂里最神气的僧侣一样。他的性格和善又快乐，似乎没有烦恼。教区的人都喜欢他，因为他仁慈大度，他还能用本地的方言布道。

他对所有人都好，尤其爱他的让小弟，他像待他的侄儿一样待我。晚餐吃得很好，第二天也过得很快活。他的住处看上去很舒适，房屋背后浓荫蔽日，山毛榉和松树非常茂密，林子里还有润泽的草地。有些树上结着果子，有些树上开着鲜艳的花朵，景物清新鲜丽，和桑那多瓦崖那个可怕的地方相比，真是两个世界了。这样美丽的环境，让我忘了可怕的泰坦族故事。

我自由自在地四处游玩，结识了这里的樵夫和牧人，他们给我唱山歌。神父为弟弟的到来早就准备了最丰富的饮食，不过只有我和神父才能享受盛筵，让老师跟那些喝多了烈酒的人一样，吃得很少。神父只给弟弟喝一种酒，味道酸涩，颜色黑得像浓墨一般，据神父说那种酒不伤害肠胃。

第二天，我和礼拜堂管衣服的人一道，到两条山涧汇合的水潭边去钓鲈鱼，我听着清泉在石缝间流过，奏出天然优美的曲调，心旷神怡。我请我的同伴听听泉水里的音乐，他说完全听不出来，他说我在做梦哩。

第三天，大家准备分别了。让老师想天一亮就动身，他说路途遥远，我们应当赶快吃完早餐，只能喝一点儿酒。

可是神父做了一盘又一盘菜，早饭丰盛极了，他一定要我们酒足饭饱，才允许上路。

"谁让你们这么着急呀？"他说，"只要你们能够在大白天走出山口，一过桑那多瓦崖，你们就跨进平原了。离克列孟越近，路就越好走。今天正是月圆的时候，你看天上一片云彩都没有。啊！啊！弟弟，再喝一杯，这是好酒桑特·阿尔格呀！"

"为什么叫桑特·阿尔格呢？"让老师问。

"意思就是'风琴的音调'。嗯！你还不知道'商杜格'这个词是从桑特·阿尔格转化来的吗？"

"那么，你们这些葡萄园里有风琴吗？"我突然觉得问得有点儿傻。

"问得好，"神父回答，"一公里以外就有一架风琴。"

"有风管吗？"

"那些风管都是笔直的，像礼拜堂风琴上的风管一样。"

"谁演奏呢？"

"啊！种葡萄的农民用他们的工具演奏。"

"谁造了这些风琴？"

"泰坦呀！"让老师又用博学的口气嘲笑说。

"不错，说得对，"神父附和着说，"我们可以说那是泰坦的作品。"

我那时还不知道他们把几座形式整齐的玄武岩高山叫作"风琴"。我从来没有听说过爱斯巴里有名的玄武岩"风琴"，也不知道后来很著名的、大家都不以为奇的几座天然大风琴。我把神父的解释当真了，于是庆幸自己不用在葡萄园里做工。

早餐吃得没完没了，简直把午餐甚至晚餐都加在一起了。让老师非常欣赏"商杜格"这个词的来历，不断地反复说：

"桑特·阿尔格！真是美酒，好名字！这是为我这个奏风琴的人特别酿造的。我真是受宠若惊了！唱吧，美酒，在我的杯子里唱吧！也在我的心里唱吧！我感到你在我的身体里膨胀，你在我的手指尖上流动，你能让我奏出圣乐，就好像你从瓶口向外涌出一样。哥哥，干杯，干杯，祝你健康！商杜格的风琴万岁！礼拜堂里的小风琴万岁！它在我的手下，正如那座大风琴在泰坦的手下一样呀！哼！我还是一个泰坦！我！天才使人伟大！每次当我演奏《荣耀归于上天》的时候，我真是要飞上天去了！"

这位神父真把他的弟弟看成伟人，他一句也没有斥责弟弟的荒唐、浮夸。为了表示友爱，他自己也大喝起桑特·阿尔格的美酒来了。两兄弟依依不舍，一直喝到太阳偏西，才叫我给比比配鞍镫。我也只能勉勉强强应差，因为主人太殷勤，一次次把我的酒杯加满，出于礼貌，我每次都喝干。幸亏礼拜堂管衣服的人来帮我。在长久的抱吻之后，两兄弟才在山脚下面洒泪分别。我飘飘然爬到比比的背上。

"先生，你也喝醉了吗？"让老师想用他那条可怕的马鞭抽我的耳朵。

他没有打到我。他的胳膊软弱无力，他的腿好不容易才在马镫上取得平衡。

我们糊里糊涂走到了夜晚。我相信我在马背上一定是鼾声如雷，可是让老师没有责备我。比比很懂事，我一点儿也用不着担心，它走过一次的路，应该认得的。

它忽然停住了，我从沉醉里一下子惊醒过来，立刻明白情况有多严重。肯定是让老师给过这匹好马一个错误的指令，制止了比比本能的行动，把它指到了一条绝路上。驯善的比比服从了命令，可是它感到前面无路可走，赶快向后退缩，这才避免人马一齐坠入深渊。

我跳下马来。我们的上方——右边是桑那多瓦崖，月光下蓝悠悠的，风琴式的轮廓和锯齿形的峰顶十分清晰。它的双生姊妹，杜里页尔崖立在左面峡谷的那一边，它们中间是无底的深渊。原来我们没有走山上的大路，却走了山腰上的羊肠小道。

"快下马，快下马！"我朝让老师喊道，"这里过不去！这是小山羊才能走的路。"

"滚蛋，蠢材！"他高声吼叫，"比比不是一只小山羊吗？"

"错了，错了，老师，它是一匹马。你醒醒吧！它走不过去，它也不愿意走！"

我用力把比比拖出危险地带，让老师不情愿地从马背上跳了下来。

他大发雷霆了，他一点儿也不明白我们处境的危险，他咆哮着找他的马鞭，嚷嚷着要痛打我一顿。我冷冷地在他面前拾起那根马鞭，也不顾惜那个银质的鞭柄，"嗖"的一下扔到山谷里去了。

让老师居然没有注意到我的这个动作，他还沉浸在幻想中。

"哈！比比不愿意！"他说，"而且比比也不能！比比不是一只小山羊！呸，我呢，我却是一只小羚羊呀！"

他一边说，一边向悬崖直冲过去。

我厌恶他的耍酒疯，可是我担心他跌倒，赶快追了上去。可是一转眼我就被他甩开很远。这位老"小羚羊"穿着一身燕尾服，下摆被一根黑带子系住，他跑动时，这身衣服在他的身上左右摆动，和

祖母的故事

矫捷灵活的小羚羊完全两样。灰色长袍、蓝布裤子加上软底鞋，其实他更像一只夜间活动的鸱鹠。

没过多一会儿，他在我的头顶上方飞跑。他已经离开了悬崖边上的险路，可见他还有足够的判断力。他手舞足蹈地朝桑那多瓦崖爬上去，虽然斜坡很陡，但不会有什么危险。

我牵住比比，帮它转了一个身，这个动作做得很艰难，我们的位置太危险了。我牵着比比一道爬上山坡，想找到大路。我想，在那里大概能找到让老师，他是向那个方向走的。

但是我的视野里没有他的身影。我把忠实可靠的比比留在坡上，翻过山岩，一直找到桑那多瓦崖。月亮很圆很大，把眼前的山崖照得像白昼一般。我找来找去，发现让老师正伸着两腿，坐在一堆乱石上休息。

"哈！哈！你在那里，倒霉的小鬼！"他说，"你把我可怜的马儿怎样了？"

"它好好的，老师，它在等你。"我回答。

"怎么！你救出它来了？很好，孩子！可是你怎样把你自己也救出来的？这一跤跌得真惨！唉！"

"可是，老师，我们没有跌倒！"

"没有跌倒吗？只有傻瓜才这么觉得！酒是什

么！酒呀！……啊，酒！商杜格的酒，桑特·阿尔格的酒……好美的酒，音乐的酒！我还要干一杯！拿酒来，孩子！好人，快来！哥哥，祝你健康！祝泰坦健康！祝魔鬼健康！”

我本来是一个虔诚的基督徒，老师的话让我毛骨悚然。

“不要这样讲，老师，”我叫他，“醒醒，醒醒，看看你在哪里！”

“我在哪里？”他睁大了失神的眼睛向四周看看，说，“我在哪里？你说我在哪里？洪流底下吗？可是我连一尾鱼也没看见！”

“你在大桑那多瓦崖的脚下，它在你的周围笔直地立着，这里的石头时常像雨点般打下来，看，地面上落满了乱石头。老师，我们不要留在这里，这是一个危险的地方。”

“桑那多瓦崖！”老师一边说，一边伸手到头顶，大概是要摘下他头上的帽子。其实帽子已经不在头上，早就夹在他的胳肢窝里了。“桑那多瓦崖啊，是的，这是你真正的名字，我在万峰丛中向你致敬！你是大自然创造的最美丽的一架风琴。你高耸入云的风管应该发出绝妙的声音！只有泰坦的手才能使你歌唱！但是，我不是一位泰坦吗？是的，我是一位泰坦。如果还有一个巨人要和我在这里比赛音乐，就请他出面吧！哈！哈！不错！我的鞭子呢？孩子！我的鞭子到哪里去了？"

"你要做什么？老师？"我害怕极了，"你要鞭子做什么？你看见什么了？……"

"是的，我看见了，我看见他了，强盗！妖精！你没有看见吗？"

"没有。在哪里？"

"嗨，天呀！在上头！和你说的一样，坐在著名的桑那多瓦崖最高的尖顶上！"

我没有说过什么，也没有看见什么，只看见一块被干苔藓包围着的黄色大石头。但幻觉是会传染的，何况我正战战兢兢的，所以一转眼之间，他的幻觉就成了我的幻觉。

我战栗着对他说："是的，是的，我看见他了，他不动，他睡着了！我们到他那里去吧！等一等，嘘，嘘——不要动，不要嚷，现在我看清楚他了，他动起来了！"

"可是我要他看到我！我一定要他听见我！"

献给会讲精彩故事的**妈妈**和那个最会倾听的**孩子**

老师站起来热情地高声喊道，"他在那里，干坐在风琴前有什么用。我要教他，我要教这个野蛮人练习音乐！等一等，野兽！我给你奏一曲《弥撒初篇》，好让你洗一洗耳朵！过来，孩子！你在哪里？跑到风箱边去！赶快！"

"风箱吗？哪一个风箱？我看不见……"

"你看不见！那边，那边，我告诉你！"

他给我指出从"风管"下面伸出来的一棵大树的巨枝。被叫作"风管"的，不过是玄武岩又高又大的棱形石峰。大家都知道，这样的石柱时常会崩裂的，因为它们满是裂痕，它们的基石什么时候支持不住了，石柱就倾塌下来了。

桑那多瓦崖的山腰长满了草和植物，可是凭借树木攀爬是不明智的。我害怕这实际的危险，更害怕想象中的危险，那就是泰坦的威风，我不得不干脆地抗拒让老师的命令。他大发雷霆，用大得吓人的力气，抓住我的领巾，把我推到一片天然石板前面。

"在这个风琴的键上演奏我的《弥撒初篇》，"他冲着我的耳朵大叫，"弹啊，你知道怎么弹！既然你没有勇气，我去鼓动风箱！"

他冲向前去，爬上长满青草的基石，一直冲向"风管"下的大树，他拉着树枝上下摇摆，像真的拉着风箱一样，一边还向我高喊：

"快，快弹，不要弄错了！快板，见鬼！坚决的快板！你呀，风琴，唱呀！唱呀，风琴！唱呀，美酒！……"

在这之前，我还想，是酒，让他欢乐，是酒，让他和我开玩笑，我还希望把他劝醒。但是，现在看见他这样热切地去鼓动他想象中的风箱，我也恍恍惚惚，觉得自己走进了幻境。也许喝多了商杜格酒，真的会产生音乐的灵感，莫名其妙的大胆，旺盛的好奇心，取代了谨慎，取代了恐怖，我像做梦一样，在老师假想的琴键上，慢慢移动我的指头。

真正奇怪的事情发生了。我看见我的手长大了，长粗了，手指迅速变长，手掌迅速变宽。这突然的变形，也让我感觉到疼痛，感觉到终身难忘的疼痛。我的手逐渐变成泰坦的巨手，巨手弹奏着巨大的琴键，我听见了雄浑的风琴乐声，这乐声表现出惊人的力量。相信让老师也听见了，他向我大叫：

"这个不是《弥撒初篇》！这是什么？我不知道这是什么。这应该是我作的曲子，崇高的主题！"

"这不是你作的曲子，"我回答。我们说话的声音都很大，只有泰坦巨人式的声音，才能盖过奇

献给会讲精彩故事的**妈妈**和那个最会倾听的**孩子**

妙乐器的轰鸣，"不，这不是你作的曲子，这是我作的。"

　　我继续发展着神秘、崇高或者说愚蠢的主题，乐曲的旋律主宰了我的大脑。让老师一直疯狂地鼓动风箱，我一直在欢乐地弹奏风琴。风琴如雷鸣轰响，我像泰坦式巨人那样毫不动摇。我沉醉在琴声和欢乐里，我感觉自己好像坐在克列孟大礼拜堂的大风琴前面，演奏得出神入化，鼓舞着一群情绪热烈的听众。忽然间，一阵尖锐的碎裂声，好像玻璃破碎的声音，把我的琴声打断。可怕的碎裂声，一点儿也没有音乐的和谐，从我的头顶上传过来，我本能地感到桑那多瓦崖的基石崩塌了。琴键后退了，我脚下的平台也撤退了。我们真像遭受了雷击一般，我仰面朝天倒下，在雨点般的碎石里滚动。玄武岩垮塌了，让老师随着他抓住摇晃的树枝飞了出去，消逝在碎石堆里。

　　以后的两三小时里，我不知道我想了些什么，我做了些什么。我的头遭到了重击，流出的血糊住了我的眼睛。我觉得腿断了，腰裂了。

　　其实，我受的伤并没有那么严重，我还能靠双手和膝盖爬出乱石堆。我站了起来，恍恍惚惚向前走。我脑中涌起的第一个意念是去找让老师。我喊不出来，不能呼唤他。我的耳朵嗡嗡响得厉害，我想，就是能喊出声，我也听不见他的回答，可怜我简直是又聋又哑。

事实上，却是让老师找到我，把我带出了险境。一直走到三天前我们停留过的塞菲尔小湖边上，我才恢复了神志。我躺在岸边的沙土上，让老师帮我洗净灰土，然后清洗自己。他也受了很重的伤。比比和往常一样，在安静地吃草——它没有离开我们。

好冷。商杜格美酒最后的功效消失了。

"唉，我可怜的孩子，"老师一边说着话，一边把毛巾在冰冷的湖水中浸湿，缠在我的额头上止血，"你看得见吗？能讲话吗？"

"我还好，"我回答，"你呢，老师，你还没有死吗？"

"显然没有死。我也受了伤，不久就会好的。我们运气好，逃出来了！"

为了整理混乱的回忆，我开始唱歌。

"你唱些什么鬼歌呀？"让老师惊讶地说，"你伤得很奇怪！你！刚才你不能说，又听不见，现在却像黄鹂鸟那样唱得好听！这是什么曲子？"

"我不知道，老师。"

"不，你知道的。因为岩石砸在我们身上的时候，你还在唱这支歌。"

"那时候我在唱歌吗？不对，不对，我在弹奏风琴，泰坦的大风琴！"

"好呀！看哪！你疯了！你把我的玩笑话当真了！"

可是，记忆清清楚楚，并不混沌。

"你忘了吗？"我对他说，"你那时候并不是开玩笑。你像一个魔鬼那样拉风琴上的风箱！"

让老师真是醉得太厉害了，他当时想不起来，以后也没有记起来。在他的记忆里，那次的冒险，连一点儿影子都没有留下。桑那多瓦崖垮塌了，我们遇险了，受了伤，这些确凿的事实，才让他清醒过来。他只是对我演奏的旋律还有一点儿印象。因为这个旋律被桑那多瓦崖奇妙的回声重复了五次，那是惊人的声响。他认为是由于我发出的声音，引发了岩石的崩溃。我却说，岩石崩溃是由于他把树枝当作风箱的把柄疯狂摇撼造成。他坚决地说是我在做梦，但是他无法解释为什么我们不安安稳稳地在大路上走，而要从山头跑到山腰，还要爬到桑那多瓦崖上去寻开心。

我们包扎好伤口，喝足山泉水，消除了商杜格美酒的酒劲儿，重新上路。可是我们都走不动了，不能不在荒原边上的小旅店住下来。第二天我们仍旧周身疼痛，不能不躺在床上。晚间，我们看见商杜格的神父惊慌地跑进来。原来在桑那多瓦崖崩溃的乱石堆里，有人发现了让老师的帽子和斑斑的血迹。

这个好人殷勤地服侍我们。他很想把我们带回他的家里去，但是礼拜天的大弥撒不能没有人弹奏风琴，我们还是回到了克列孟。

让老师坐到大风琴的前面时却一反常态。当然，这架风琴比起桑那多瓦崖的那架"琴"来毫无危险，可是他却战战兢兢，有几次竟然忘记了熟悉的曲调，只得临时乱凑。他自己也承认弹得平庸无味，虽然在他心情愉快的时候，他也能谱出一些好的乐曲来。

做弥撒礼拜时，供奉圣体的仪式开始了，神父把象征耶稣肉体的面包高高举起，让信徒叩拜，让老师却感到自己极其虚弱，无法再演奏。他给我做了个手势，叫我坐到他的位子上去。在他的面前，我从来没有弹奏过风琴，他也从来没有指望我在音乐方面会有出色的成就。让老师每次教导我，总是以骂我是蠢驴作为课程的结束语。坐上琴凳的一瞬间，我感到了像在"泰坦的风琴"面前那样的激动，我鼓足勇气弹奏起灾祸发生时的旋律，因为它一直盘旋在我的脑子里。

这是我一生的首次成功，对我是有决定意义的

献给会讲精彩故事的**妈妈**和那个最会倾听的**孩子**

成功，你们听下去就明白了。

弥撒结束后，对圣乐素来很有研究的大主教，叫人请让老师到教堂去。

"你有天才，"主教对让老师说，"可惜你缺乏鉴别的能力。我已经责备过你，虽然你谱出了一些很不错的曲调，可总是不合时宜。应该严肃的时候，你的调子却带着温柔活泼的气息；应该卑微的时候，你的调子却显得兴奋刺激。譬如，今天，在供奉圣体的仪式的时候，你让我们听到了一支轰轰烈烈的战歌。我应该承认，这支曲子美极了，可惜这是魔法师半夜的叫嚷，而不是虔敬的圣歌。"

主教和让老师说话的时候，我站在让老师的背后，我的心跳得很快，几乎要发抖。让老师赶忙道歉赔不是，说，那时候因为身体不适，临时找了个学生，合唱队里的一个孩子，代替他弹奏了那支曲子。

"小朋友，是你弹奏的吗？"主教望着我激动的面孔问。

"是他。"让老师回答，"就是这头小蠢驴。"

"这头小蠢驴弹奏得很好，"主教含笑说，"可是，孩子，你能告诉我吗？你让我感触到的主旋律是什么意思？我很明白，这是一支出色的曲

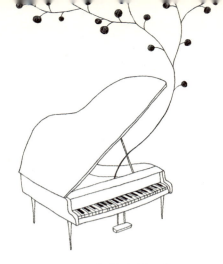

子，但是我还不知道它的出处。"

"它的出处就是我自己的脑子，"我肯定地回答，"那是我在山里感触到的。"

"你还感触到些什么？"

"没有别的，这是我第一次感触到的。"

"一定还有……"

"不要管他，"让老师说，"他不知道自己讲了什么话。这是梦境里的东西。"

"很可能的。作曲人是谁？"

"也许是我谱的。我们创作的时候，不知道扔掉多少意念！有人在无意间拾起了这些扔掉的断简残篇！"

"你不应该把这个断简残篇扔掉，"大主教带着戏弄的口吻说，"这个残篇可是无价之宝。"

主教转身对我说：

"明天我做完小弥撒之后，你来找我，我要考考你。"

我准时赴约。他已经费时间找了各种曲谱，可是没有找到我的主旋律。他家里有一架很漂亮的钢琴，叫我随兴演奏一曲。起初我觉得有些窘，来到指尖上的只是一些音乐渣滓。后来我的意念渐渐澄清了，弹得有条有理。主教对我十分满意。他把让老师请来，宣布我是他特别保护和需要培养的人。这无异于向让老师宣布，有人替我付学费了。因此让老师不要我再到厨房里去工作，也不要我再到马厩中去工作，他对我温和多了。在短短的几年当中，我学会了他的全套本领。我的保护人认为我还可以向前跨进一步，他常说这头小蠢驴比他的老师更勤勉、更有才气。他把我送到巴黎去留学。那时我虽然还很年轻，我已经能够在巴黎教课，还能够在音乐会上表演了。

　　这是我全部生活历史中的一部分，是我答应过要告诉你们的，再讲下去就太冗长了。你们现在已经知道，在一场沉醉之后，在一阵剧烈的惊恐里，怎样触发了我潜在的能力，这种能力是被让老师的粗暴和鄙弃长期压制住的。可是我并不因此减少对他的感激，更不忘恩负义。假如不是因为他烂醉之后的狂妄，让我有机会在桑那多瓦崖表现我的灵感和生命潜力，也许潜在的能力就永远得不到解放。这次疯狂的冒险，虽然大大地启发了我，可是我从此变得神经质，这简直成了一种痛苦。有时，我随兴演奏的时候，我似乎听见岩石在我头上崩溃，感到我的手在膨胀，变得像米开朗琪罗的摩西雕像的手臂那般粗大。这虽然是转瞬即逝的感觉，可是我很痛苦，而且，我常常发病，治疗过，从来也没有断得了根。你们看，时间也不能使这个病根消除。

著名的音乐家讲完他的故事后，在场的一位医生问道："在桑那多瓦崖崩溃以前，你那时所感到的疼痛……请问，你认为这究竟是什么缘故？"

"我以为我的手在意识中膨胀了，"作曲家回答道，"这不过是受了荨麻和荆棘的刺激，那一片像琴键的石板岩缝间长满了这种东西。朋友们，你们应该明白，这个故事里的一切，都像是一个象征：原来，在我的成长和发展的道路上，沿途都充满了幻想、喧嚣和荆棘。"

献给会讲精彩故事的**妈妈**和那个最会倾听的**孩子**

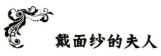

戴面纱的夫人

进入比克多尔

在荒原深处，有个古时候名叫日阿当省的地方，那里有一座废弃的城堡，名叫比克多尔，意思是"歪歪扭扭的"，它孤零零地矗立着，外表看起来像是一个人经历过了繁华兴盛的时代，现在时过境迁，感受着无限的惆怅，在贫穷、病苦、悲哀中等待死亡。

弗洛沙尔德是法国南方著名的画家，他乘着邮车，在沿着小河的路上走过。同他一起旅行的，只有他八岁的独生女获安娜，他才从离巴黎570公里的芒德城的维西当修道院把她接出来，要带她回家。三个月了，小姑娘每到夜里就发烧，医生说最好的治疗是呼吸家乡的空气。弗洛沙尔德想把她带到罗纳河三角洲上的大城，距离马赛89公里的阿尔附近的一所漂亮的别墅里去。

父女两人从芒德出发，为了见一个亲戚，绕道走了一段，夜晚他们要歇在圣·约翰村。

这个故事发生的时候还没有铁路。那个时候，所有的事情节奏都比现在缓慢得多。他们预计两天以后才能到家，而且因为路不好走，他们走得更慢。弗洛沙尔德先生下了车，在车夫旁边步行。

"我们前面是什么？"他向车夫问道，"是废墟呢？还是白色的山崖？"

"怎么？先生，"车夫问，"你不认识比克多尔堡吗？"

"我还是第一次看见它，怎么会认识呢？我从来没有走过这条路，以后也绝不会再走。这条路太难走了，简直走不动。"

"先生，忍一下吧。这条老路比新路短。如果你走新路，要走将近30里才能住下，现在只有两里地了。"

"但是，如果这一段路要走五个钟头，我不晓得我们是不是占了便宜？"

"先生在开玩笑。两个钟头以后，我们就可以赶到圣·约翰村了。"

弗洛沙尔德想到他的小荻安娜，叹了口气。这段时间她一到夜间就发烧，他希望她还没烧起来时能够到达旅店，好让她在床上好好休息。山谷里潮湿阴冷，太阳已经落山，她如果在车子里就发起烧来，那么，寒冷再加上颠簸，会加重她的病情。

"啊，这样的路！"他对车夫说道，"这条路没有人走吧？"

"是的，先生，这条路原来是为城堡修的，城堡都荒废了……"

"它看上去好像还很宏伟，富丽堂皇，为什么没有人住呢？"

"城堡刚开始损坏的时候，继任主人就没有钱修了。从前它的主人是一位有钱的爵爷，他在里面过着疯狂的生活：跳舞、演戏、赌博、宴会，他坐吃山空死在里面了，他的后人也没有重振家业，城堡也没有修过，外貌看起来还很壮观，可是里面已经破败腐朽了，总有一天它会崩塌到河里来的，也会倒塌到我们现在走过的这条路上来。"

"只要我们今晚走过，随它几时高兴倒塌吧！它为什么叫比克多尔这个奇怪的名字呢？"

"那是因为从城堡上面的树林里伸出来的那块岩石，像是被火烧弯了一样。比克多尔，歪脖子，哈哈。据说在古代，这些地方都遭过火灾。大家把这样的地方叫作火山区。我打赌，你从来没有看过这样的地方吧？"

"哼，我见得多了，可是现在我对这样的地方不感兴趣。朋友，快走吧。"

"先生，请原谅，现在还不能够快走。我们还要经过花园里的水库，那个水库原先是为了给这个城堡做瀑布而存水的。虽然那里水不多，可是地上有瓦块和石头，我要牵牢牲口。不要为小姑娘担心，没有什么危险。"

"也许真没有什么危险，"弗洛沙尔德回答道，"但是我宁愿抱着她，难走的地方你关照我一下。"

"到了，先生，就照你的意思做吧。"

画家叫车子停住，把小荻安娜抱了出来，小姑娘半睡半醒，好像开始发烧了。

"走上这座台阶，"车夫说，"再穿过露台，就到路的拐角了。"

弗洛沙尔德紧紧抱着女儿，走上台阶。台阶已经破损，可还有当年的贵族气派，两旁立着雕刻很精致的栏杆，矗立着雕像。从前铺了石板的露台，现在却有荒草从石头缝隙里长出来，和当年种在石盆里的珍贵花木混在一起。紫色的忍冬和丛生的野蔷薇纠缠；香茉莉在荆棘丛里开花；常春藤铺得像厚厚的毡子；蛇蛋果的藤蔓，沿着台阶肆意扭曲着爬到雕像上。这个露台呈现出自然的美丽，可是弗洛沙尔德是一位沙龙画家，他不大关注自然景物，况且他只是抱怨这些欣欣向荣的野生植物让这些台阶特别难走。他怕荆棘刺伤了女儿，他留心地保护着，正当他艰难行走时，他听见台阶下的马蹄声，

还夹杂着车夫的叹息、咒骂，好像车夫遇到了什么麻烦。

画家有点儿为难。怀里抱着一个生病的孩子，怎么帮助车夫呢？小荻安娜温柔懂事，善解人意。她被车夫呼叫的声音惊醒，她明白得帮帮可怜的赶车人。

献给会讲精彩故事的**妈妈**和那个最会倾听的**孩子**

"快去吧，爸爸，"她对父亲说，"我待在这里会很好。花园很漂亮，我很喜欢。我就裹着你的外套在这儿等你。你等会儿回到这个大花盆旁来找我。别着急。"

弗洛沙尔德用大衣把女儿裹好，跑下去看看出了什么事。原来，在跨过那些倒塌的矮墙时，车子翻了，一匹马跌伤了膝盖，两个车轮爆胎了，好在车夫没有受伤。车夫不停地叹气，弗洛沙尔德虽然生气，却也没有办法。抱着一个孩子，黄昏时分在乱石堆上走将近十里路才能到住处——这是个难题，他一时也没有什么好办法。他只能把车夫留下，自己回去找荻安娜。一转身，看到女儿高高兴兴地跑来迎他。

"爸爸，"她说，"你们的话，我都听见了，今晚我们不能朝前走了。我正着急，忽然听见有位夫人叫我的名字，我看见她的胳膊伸向城堡，像是请我进去。我们进去吧，我相信她一定很高兴招待我们，我们在她的家里也一定住得很好。"

"孩子，你说的是哪一位夫人呀？这个城堡没有人，我也没看见一个人影。"

"你看不见那位夫人吗？天黑了你看不见？我能看得很清楚哩。你看！她指着我们应当走进去那道门。"

弗洛沙尔德朝荻安娜指着的方向一望，那是一座真人一样大小的雕像，是一位神话人物，也许是迎宾的，像是态度友善地给来客指示城堡的大门。

"你把一尊雕像当作夫人了，"父亲对女儿说道，"所谓她的话，是你睡梦里想象出来的。"

"不，爸爸，我没有做梦，我们应该照她说的去做。"

弗洛沙尔德不想违逆生了病的女儿。他打量着城堡：富丽的装饰，阳台上的藤叶垂挂在雕刻的花朵上，显出带沧桑感的坚实气魄。

"真的，"他想道，"在没有找着更好的地方时，这里总算是一个安身之所。我总可以找一个角落让孩子休息一下，然后再做计划。"

他和荻安娜牵着手，循着排列着圆柱的回廊，径直进入一间宽阔的厅堂。实际上，支持屋顶的圆柱，不止一根倾倒在地上，这座厅堂已经倾颓，成了野薄荷、白唇草的花坛。还在支撑着屋顶的圆柱，柱子本身也已经千疮百孔。弗洛沙尔德不喜欢这座废墟，他正想退出去，车夫进来了。

"跟我来，先生，"他说，"有一个小阁楼，还相当坚实，你们可以在那里好好过一夜。"

"我们要在这里过夜吗？到不了城里，就没有办法到一个农庄上或者一个农民家去借宿吗？"

"不能，先生，除非把你的东西留在车子里，因为马和车都不能行动了。"

"我的行李不算多，取出来也不算难，把它们放在一匹马上。我和孩子骑上另外一匹马，你给我们指一家最近的住宅。"

"今天夜里我们到不了任何一家住宅。山路很难走，我可怜的两匹马都跌坏了，就是白天，我也不知道怎样才能从这里走出去。上帝保佑！最急迫的事是让小姑娘休息。我给你们找了一个房间，有门和屏风，屋顶还没有塌下来。我已经为我的牲口找着一个马厩了，我为它们带了一袋荞麦，你也带了一些吃的，今晚我们都不至于饿肚子。我去把你的东西同车里的坐垫一起拿来，一夜很快就会过去的。"

"去吧，"弗洛沙尔德说，"就照你的意思做吧。你认识看守城堡的人，他允许我们住下吗？"

"这里没人。比克多尔堡自己看守自己。首先是因为这里没有什么可以拿走的，其次……以后再对你讲吧。"他们一边说着话，一边穿过几间荒废的房间，到了一座矮小牢固的小阁楼前。"这是从前的洗澡间。我知道怎样打开门。先生，请进，这里面既没有老鼠，又没有猫头鹰，也没有蛇。等着我，不要怕。"

城堡里大部分房屋是文艺复兴时代的建筑，但这座阁楼前面，却是各种风格建筑的大杂烩，模仿古代的公共浴池，不过面积小一些，门窗关得严严的，里面基本上没有毁坏。

车夫带来了车上的灯。他敲燃火石，点亮了灯，弗洛沙尔德看见，这里面的确可以住人。

他坐在石柱的基座上，想把获安娜抱在他的膝盖上，让车夫去拿垫子和食物。

"不，爸爸，谢谢，"获安娜说，"我很高兴今天晚上能困在这样漂亮的城堡里。我感觉我的病完全好了，我们去帮车夫一起做事吧。我相信你肯定饿了，我呢，我很想吃小篮子里的点心和果子。"

弗洛沙尔德看见他的小病人精神那么好，就领着她和车夫一起做事。一刻钟以后，垫子、大衣、箱子、篮子，总之所有的行李，都搬到这古老府第的洗澡间里来了。获安娜的布娃娃，在翻车的时候

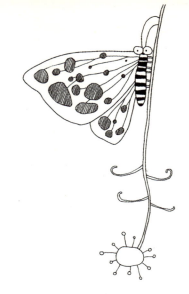

撞坏了一只胳膊，她想哭，但是听见父亲在叹气，叹息他有一些贵重的东西打破了，她就把眼泪憋了回去。车夫发现两瓶好酒还没有打破，很高兴，他把酒也搬了过来。

"呃，"弗洛沙尔德对车夫说道，"不错呀，谢谢你为我们找到一个安身的地方，你又这样细致地照顾我们……你叫什么名字？"

"我叫诺马列西，先生。"

"喂！诺马列西，我们一起吃晚饭吧，这个大房间，你如果觉得不错，你睡在这里吧。"

"不，先生，我要去照顾我的牲口，有一杯酒就行了，特别在发生了这样倒霉的事件以后。好，我就给你摆饭。小姑娘也许要喝水，我知道泉水在什么地方。我来给她铺床，我知道怎样照顾孩子，我也是有孩子的！"

快乐的诺马列西说着，麻利地把一切都布置好了。晚餐桌上有冷鸡、面包、火腿和一些糖果，获安娜很高兴地吃了起来。房间里没有凳子，也没有椅子，只是在中间有一个大理石澡盆，像是一个有阶梯的平台，那里还能舒舒服服地坐下。从前供给人们洗澡的泉水，现在还在院子里喷溅，是很清洁的泉水，获安娜把水盛在她的小银杯里喝。弗洛沙尔德和诺马列西一人一瓶酒，对着瓶嘴喝，连酒杯也不用了。

画家观察着他的小女儿。她很快乐，她很兴奋地讲话，不想睡觉。可是吃过晚餐还是被父亲强制休息。一个大理石槽铺上垫子和大衣，成了很好的床。正是盛夏，外面满是月亮的清辉。屋子里也不觉得憋闷。墙上到处是壁画，他们看见天花板上雀鸟在花丛中飞舞，追逐比它们还大的蝴蝶；山林里的仙女，牵着手围成圈儿跳舞。画像的有些地方剥落了，于是仙女们这一个缺了腿，那一个缺了手，有的又没有了头。获安娜抱着她的布娃娃，躺在奇特的床上，静静地等待睡意来临。她望着这些跛脚的跳舞女子，觉得她们像是在欢乐的节日盛会上。

戴面纱的夫人

石槽那边静悄悄的，弗洛沙尔德先生以为女儿已经睡着了。车夫诺马列西像个随身侍仆那样清理"餐桌"。

弗洛沙尔德轻声问："你说没有人照管这个城堡，那肯定有特别的原因，是什么原因？"

诺马列西迟疑了一会儿。但是慷慨的旅行家刚刚给他喝了一瓶好酒，他借着酒劲儿说："你一定会笑话我，先生。你们受过教育，有些事情你们是不相信的。"

"喂，我的好人，我懂得你的意思了。我承认，我不相信超自然的事情。但是我很喜欢听神秘的故事。这个城堡一定有它的传说，说吧，我不会笑话你的。"

"好吧，先生。我说比克多尔堡自己照管自己，那是说笑话。实际上，是被一位戴面纱的夫人照管着的。"

"这位戴着面纱的夫人究竟是谁呢？"

"啊！这就谁也不知道了。有人说她是穿着古装的活人，有人说她是从前住在城堡里的一位公主的魂魄，每天夜里回来巡视的。"

"那么，我们将有幸会见她了？"

"不，先生，你不会看见她的。她很有礼貌，她希望过路的人心甘情愿地到家里来做客。有时候她还会邀请过路人，要是过路人不接受邀请，她把他们的车子推翻，把牲口掀倒。步行的过路人，会被她推落的石头挡住去路。黄昏时她一定向我们发

献给会讲精彩故事的**妈妈**和那个最会倾听的**孩子**

出过邀请，可惜我们没有听见。不管你怎么说，我们遭遇到的事故，肯定不是偶然的。如果你坚持离开这里，还会有更倒霉的事情发生哩。"

"啊！很好。我现在明白你为什么不领我们到别处去了。"

"别处，即使到了城里，那结果会更坏，除了晚饭可能吃得好一些……我呢，我觉得今夜的晚餐出奇地好！"

"晚餐是够了，住在这里我并不感觉失望，可是我想知道戴面纱夫人的故事。没有被她邀请的人，贸然闯到她的家里来，她会不高兴吗？"

"她不会生气，也不会出来吓唬人。我们绝不会看见她，从来也没有人看见过她。她不凶，从来没有害过人，不速之客可能会听见一个声音：'出去！'不管愿意不愿意，都会感到不能不听从她，好像有80匹马把人朝外拉那样。"

"那么，我们会被赶走吗？她似乎没有邀请过我们。"

"先生，我相信她邀请过我们了，只是我们没有听见罢了。"

弗洛沙尔德于是记起小荻安娜曾经说过，她听见露台上的雕像对她讲过话。

"低声些吧，"他对车夫说道，"这个孩子

曾经梦见过这样的事情，别让她相信真有这样的怪事。"

"啊！"诺马列西热切地叫起来，"她听见了！就是了。先生！戴面纱的夫人很喜欢孩子，当她看见你径直走过，对她的邀请不理不睬，她就推翻了车子。"

"而且还弄伤了你的牲口？这么好客的主人，却这样恶作剧！"

"说实话，先生，我的牲口受伤不重，只流了一点儿血罢了。车子损坏比较严重，不过明天我能修好。要不然你另外雇一辆车子，你的旅程不过耽误了几个钟头，你本来打算今夜住到圣·约翰村，有人在等你吗，你怕他们着急吗？"

"是的。"弗洛沙尔德回答道，他有点儿担心这个好人的沉稳，那种无牵无挂的态度；他担心车夫会遵从戴面纱夫人的什么新花样。"明天一大清早就得走，以便补偿今天的时间。"

事实上，弗洛沙尔德家里并没有人着急等他。他的妻子不知道获安娜在修道院里生了病，更没有指望女儿在暑期前回家。

"喂，"弗洛沙尔德说，"我想睡了。你愿意睡在这里吗？如果你觉得睡在这里比跟你的牲口住在一起更好。"

献给会讲精彩故事的**妈妈**和那个最会倾听的**孩子**

"谢谢，先生，你真好，"诺马列西回答道，"不过我不跟马在一起是睡不着的。你和小姑娘在这里，会害怕吗？"

"害怕？不，你不是说我不会看见那位夫人吗？还有，你能告诉我吗，既然从来没有人看见过她，怎么知道她是戴了面纱的呢？"

"我不知道，先生，这是一个古老的传说，不是我一个人瞎编的。我不知不觉地就相信了。我绝不是胆怯的人，可是我也没有做过什么让城堡里的神灵不满意的事。"

"去吧，晚安，"弗洛沙尔德说道，"天一亮就到这里来，不要耽误了。好好送我们走，我不会让你懊悔的。"

弗洛沙尔德摸摸获安娜的脸和手，又试试她的脉搏，他很高兴，也有点儿纳闷。获安娜送上一吻，说：

"不要担心，亲爱的爸爸，我很好。我的布娃娃才在发烧呢，你不要打扰它。"

获安娜一向温柔可爱，现在这么安详平静，她父亲也高兴起来。

"也许过一会儿她还会发病，"他想，"她自己以为听见雕像讲话，实际上是在发烧，只是发病的时间很短暂罢了。也许换换空气，她的病就好了。也许修道院的生活对她不相宜。我把她留在家里，她妈妈一定不会生气。"

弗洛沙尔德躺在孩子身旁，就像一个身体健康的年轻人那样很快沉沉入睡。

弗洛沙尔德还没有满40岁。他长得很帅，受过良好教育，感情丰富。他为人画像赚了不少钱，他画的人像细致鲜明，夫人们总是说他画得逼真，因为他总把她们画得美丽又年轻。说真话，凡是弗洛沙尔德画的人像，每张的背景都是一个样子，人们可以凭人物旁边的垫子或者鹦鹉立即认出是他的画。对于人物，他遵循着一个漂亮的模式，他只是忠实地表现描绘对象的衣服和头发。衣服的色调、头发舒卷的情态和丝带的轻盈，这些细节逼真极了。他不是没有才气的，在这种类型的画家里，他几乎是最有才气的。但是不能用创见、天才、真实生活的感情去要求他。但不可否认，他成功了，有钱的女人，只愿意请他，而不愿去找大师，因为一个大师可能真实地描绘出她们的缺陷或者暴露她们脸上的皱纹。

弗洛沙尔德鳏居过两年。第二次婚姻的妻子出身于一个清贫善良的家庭，她把他看成世界上最伟大的艺术家。她本来不算太傻，但是她爱打扮，以至于没有时间来思想，没有时间受教育。她推卸教

献给会讲精彩故事的**妈妈**和那个最会倾听的**孩子**

养丈夫前妻生的女儿的那份责任，她劝丈夫把孩子送到修道院里去，她说这孩子是个独生女，在修道院里有伴儿，比在家里要快活得多，她自己不懂怎样同获安娜游戏。其实即使她懂，她也没有时间，她每天要换十几套衣服，总想着一套比一套更漂亮。

弗洛沙尔德是一个好父亲，又是一个好丈夫。他知道妻子有些轻浮，但他想，她成天装饰打扮，无非是想讨自己喜欢。据她说，这样可以使他细心研究女人的服装，对他的绘画是有好处的。

弗洛沙尔德躺在古堡的浴室里想心事：他妻子的美貌和衣裳、他生了病的也许已经好了的女儿、他的富豪女主顾、他急于要恢复的工作、跌翻的马车、车夫说的神怪故事和小获安娜的奇特幻觉、戴面纱的夫人、乡下佬对于神秘故事的相信……不过没想多一会儿，他就睡熟了，还发出了鼾声。

获安娜不是也躺下了吗？不过，她没睡着。获安娜沉静、多思多虑，她缺乏母爱，跟她的保姆度过了童年。保姆照顾她，却很少和她讲话，她从小学会独自胡思乱想地打发时间。这会儿，她躺在比克多尔堡，小脑袋里亢奋地活动着。

她听见她爸爸发出鼾声，睁开了眼睛，朝周围看。这间圆形的屋子暗沉沉的，屋顶不高，一盏从车上拿下来的小灯挂在墙上，黯淡的光还不时颤动。获安娜还能隐约分辨得出在她面前壁画上的那两个穿古装的跳舞女郎。保存得最完整的，是一个高个儿的女人，她穿着淡绿色的衣裳，还相当鲜艳，赤裸的四肢线条完整，脸面因为受了潮湿，已经完全湮没了。刚才半睡半醒时，获安娜恍惚听见车夫告诉父亲的关于戴面纱夫人的故事，这会儿她想到，这个面孔隐没了的躯体，也许和城堡的传说是有联系的。

"我不明白，"她想，"为什么爸爸觉得这个故事很荒唐。我肯定那位夫人在露台上对我讲过话，而且她的声音还很好听，很甜！我很愿意再听她讲话。爸爸总以为我是在生病，要是我不怕爸爸不高兴，真想起身去看看她。"

获安娜刚刚想到这里，灯光忽然熄灭了，她看见一道美丽的蓝光透进了屋子。在柔和的光线里，她看见一位古装舞女从墙壁上走下来，向她走来。

获安娜没有害怕，她看见舞女有着窈窕的体态，舞女的衣裳有千百道雅致的褶纹，好像周身都点缀着银色的薄片；一条宝石缀成的腰带，系住轻盈的衫裙；一幅透明的、精细的面纱绕在头发上，头发编成金栗色的辫子搭在白雪般的肩头。细纱笼罩着脸，似乎在眼睛的部位有两道白色的光线射出来。裸露的腿，裸露的胳膊，裸露的肩头，线条非常美丽。墙壁上模糊苍白的仙女，一瞬间成了一个十分养眼的活人了。

戴面纱的夫人走近小姑娘，却没有惊醒躺在旁边的父亲。她俯身亲吻荻安娜的前额，荻安娜虽然听见她的嘴唇轻微的啧啧声，额头上却没有感觉。孩子搂抱夫人的脖子，回答她的爱抚，想把她留住，可是荻安娜感觉到拥抱的只是一个影子。

"看呀，你好像是一团雾气，"她对夫人说，"我怎么摸不着你呢？至少请你告诉我，至少让我知道，先前对我讲话的是不是你？"

"是我，"夫人说，"你愿意和我一起散步吗？"

"我愿意。你能治好我的病吗？我不想让爸爸担心。"

"放心吧，和我在一起，你不会生病的。把手伸给我。"

孩子信任地把手伸出来，虽然她摸不着夫人的手，却感到一种爽适的快意瞬间透过整个身体。

她们一起从房间里走出去。

"你想去哪里？"那位夫人问道。

"随你的意思。"小姑娘答道。

"你愿意到露台上去吗？"

"我觉得露台上那些荆棘和开着小花儿的藤蔓实在好看。"

"你不想看看我的城堡内部吗？那里更美丽呢！"

"内部？可惜完全颓废，全露在外面了！"

"你弄错了。不经我的允许参观城堡的人，才会觉得是那样。"

"你允许我参观吗，我？"

"当然，你看！"

原本的废墟，立刻变了：美丽的回廊，宫殿天花板上都是贴金的浮雕，水晶吊灯璀璨明亮，黑黝黝的大理石巨人高举着火炬，站在进门的地方。还有别的雕像，青铜的，白色大理石的，玛瑙的，还有些是镶金的，高踞在精镂细刻的台座上面。地下铺的是马赛克图案，镶嵌着奇异的花朵和珍贵的飞禽，一望无际地展开在这个小旅行家的脚下。隐约听到一阵遥远的乐声，喜欢音乐的获安娜又蹦又跳，忙着想去看跳舞。

"你真的很喜欢跳舞吗？"夫人问。

"不，"获安娜回答，"我从来没有学过跳舞，我总是两腿无力。但是我喜欢看跳舞，我更想看看你们转着圈儿跳，就像我在壁画里看到的那样。"

她们来到一个大厅，四壁都是很亮的镜子，夫人不见了。转眼间获安娜看见一群像夫人那样的女子，都穿着绿色的衣裳，蒙着面纱，在悠扬的乐声里，轻盈地跳起舞来。获安娜看呆了，感觉像是醉了似的。她被夫人清凉的手指牵着，走到一个更加金碧辉煌的大厅里，当中有一张黄金铸成的很漂亮的桌子，上面摆放着获安娜不曾见过的鲜果、鲜花、甜点。

"随意吃吧！"夫人说。

"我不想吃什么，"她回答道，"只是想喝一点儿冰凉的水。我热得像是跳过舞一样。"

仙女隔着面纱，向她吹了一口气，她就感到安宁舒适，而且也不再口渴了。

"你好了，现在还想看什么？"

"你要我看的我都想看。"

"你就这么没主见啊？"

"你愿意让我看看神灵吗？"

过去，获安娜手里有一本神话书，书里画的

形象，又丑又怪，还说是神灵，她看得很不耐烦。她想看看真正的神灵是什么样儿。夫人对她的这个请求，没有表现出惊异。夫人把她领到一间屋子里去，那里陈列着神话人物的图像，每一幅都像真人般大小。荻安娜呆呆地看着，忽然又想看看它们活动起来的样子。

"叫它们走过来，好吗？"她对夫人说。

转眼间，这些神灵都从镜框里走出来，把她们团团围住，接着升得很高，在天花板上旋转，好像彼此追逐的雀鸟一样。他们飞得太快了，荻安娜分辨不清楚谁是谁。她依稀辨认出几个她喜爱的人物，有文雅地擎着金杯的青春女神赫柏，孔雀偎依着的婚姻女神朱诺，戴着小帽的和蔼的商业之神墨耳库里，花神弗洛尔……很快荻安娜就昏昏欲睡了。

"你的房间里太热了，"她对夫人说，"把我带到你的花园里去吧。"

她们到了露台，不过不是她傍晚时到过的荒凉的地方，这里有花坛，有铺着白砂的小径，上面用各种颜色的小石子镶嵌成美丽的图案；还有宽大的花畦，千朵万朵花组成美丽的图画；雕像齐声唱着赞美诗歌颂月亮。荻安娜希望看看和她同名的月亮女神，转眼间女神就出现在她的眼前，她身材高大，擎着一张发光的弓。女神忽近忽远，远去时女神显得很小，像一只燕子；靠拢来又显得很高大……获安娜用眼睛追随女神，渐渐觉得睡意袭来，她口齿不清地对夫人说：

"现在我想吻你……"

"你困了吧？"夫人说着把获安娜抱在怀里，"呃！睡吧。你醒来时别忘了我给你看过的美景。"

获安娜睡得很香。她醒来时，发现自己仍然睡在大理石槽里，牵着布娃娃的小手。青白的曙光代替了蓝色的月光。弗洛沙尔德先生已经起身，静悄悄地刮胡子。在他那个时代，一个讲究社交的男人，不管在什么环境，早上不把胡子刮干净是不光彩的。

比克多尔小姐

获安娜起身，穿好衣裙，请爸爸把镜子借给她用。弗洛沙尔德知道她爱干净、考究、细心，把她一个人留在房里收拾，出门前叮咛她，不要在城堡的颓垣里乱跑，千万要当心脚下，别跌倒。

获安娜打扮停当，又把洗漱用具都收拾好，见父亲还没有回来，就想到城堡里溜达一下，希望能再看见夜里跟着夫人看过的那些美丽景象。但是她连地方也找不着了。螺旋式的梯子断了，台阶扭曲着，根本上不了倾坍的塔。楼房都坍在一起，根本分辨不出房屋的部位。这些建筑曾经富丽堂皇，有的墙壁上还保存着绘画的痕迹，破碎的大理石上还有镀金的残余，曾经美丽的壁炉孤零零地立在空地上。废墟里，彩色玻璃的细碎的颗粒在青翠的野生植物丛中放光，爱神丘比特的大理石小手，风神镀金的青铜羽翼，落在被老鼠咬毁的壁毯上……总之，一切的皇家奢侈品都成了碎屑，一切华贵都化成了灰烬。

　　荻安娜不明白，这样宏大的城堡，在山坳里，远望它的正面，还显得那样辉煌，为什么会被废弃。她想："也许现在我看见的是梦里的景象。别人告诉我，我发高热的时候，会有一点儿神志不清。昨夜我并没有发烧，我看见的应该是真实的情况。现在我也不觉得有病，夫人曾告诉我，只有她允许的人，才看得见她的城堡。"

　　荻安娜想寻找那些漂亮的房间、豪华壮观的回

廊、图画、雕像、堆着糖果的金桌子，她前一夜看到的所有奇迹，可是枉然。她怅然地走到花园里，只看见苎麻、荆棘、狗尾草等野生植物。不过她并没有觉得这些野草不好看，她在里面寻找草莓的时候，仍旧可以看见花坛的痕迹，她还是很喜欢。她拾起几小块彩色玻璃，放进口袋，再走到露台边上去，她在一堆小树丛里看到了前一天对她讲话的雕像，它站在大石瓶旁边，胳膊伸向城堡的入口，但是它不再说话了。它怎么会讲话呢？它没有脸，没有嘴，只有头颅的后半边，一段轻纱，缠在石刻的头发上。别的雕像要么是风化了，要么是被顽皮的野孩子抛掷的石子砸坏了。也许是有人同情这些寂寞空虚站着的雕像，故意编撰故事，让人相信，这个城堡是被一位看不到脸的夫人保卫着的，她欢迎善心的人，惩罚恶意的人。露台下面，在高墙和小溪之间，有一段路狭窄难行，从那里经过的车辆，的确出过事。于是，有一位神灵在保护废墟的故事就传扬开了，于是，没有人再敢在那里肆意破坏。可是雕像的可怜情态，分明表示很久以来它们一直遭受摧残，几乎所有的雕像都缺胳膊少腿，还有一些雕像直挺挺地躺在了荒草丛里。

获安娜仔细察看跟她说过话的那一尊雕像，她认出来就是那位可爱的夫人，也就是她睡过觉的那间屋子里墙壁上画的那个舞女。

她走累了，去找父亲，看见他在露台的下面，正忙着催促车夫修车。这个乡下佬虽然不笨，可是因为工具不称手，动作慢得很。

"再忍耐一下，小姐。"诺马列西对她说，"我为你找到了一点儿黑面包，运气还不算坏，还有新鲜的奶油和樱桃。我把这些都送到你睡觉的房间里去了。如果你愿意回去用早点，那会使你没那么难受。"

"我一点儿也不难受。"获安娜回答道，"但是我要回去吃一点儿。谢谢你。"

"你还好吧？"父亲问她，"你睡得怎样？"

"我没有再睡，爸爸，我玩得很好。"

"你是说在梦里玩？你做了个快乐的梦？呃，这是好的征兆。去吃早点吧。"

弗洛沙尔德看着她走开，心里赞叹这个苍白瘦弱的孩子有着天生的好性情，似乎所有的事情都称心如意，她从不拿自己的病苦来搅扰别人，在任何环境里，都表现出沉稳和欢乐。

"我不明白，"他想，"为什么我夫人非要把获安娜送出门去，获安娜是那样安静，又是那样容易满足。我知道我的姐姐——芒德城的维西当修道院院长待她很好，但是我的夫人应当更爱怜她才是。”

　　荻安娜转回睡过觉的浴室，她看到门楣上有一行已经磨灭了一半的字，辨认出来，念道：“荻安娜的浴室。”

　　“奇怪!”她含笑地自言自语，“那么，我不是在我自己的家里了吗?我真想在这里洗个澡，可是没有热水，我只好满足于能在这里吃饭睡觉了。”

　　诺马列西给她摆在石阶上的食物味道不错，吃完后，她忽然很想画一张画。

　　荻安娜没学过画。每次只是想涂鸦的时候，她才向父亲要来纸和铅笔，临摹着她父亲画的人像，临摹得很滑稽，逗得父亲发笑。父亲说他不相信荻安娜有绘画天赋，父亲说下定决心不要女儿继承他的手艺。

　　在修道院里，荻安娜待了一年，也没有人教她绘画。在那个时代，人们除了谋生目的以外，不接受什么艺术教育。弗洛沙尔德只想把女儿培养成一位高雅的小姐。可是荻安娜喜欢画画，见到一幅画、一尊雕像或一张相片，她会定神看上半天。修道院的礼拜堂里，有几尊圣女的雕像和几幅油画，她常常饶有兴致地盯着看。她看着荻安娜浴室的壁画，又模糊地想起了夜里夫人带她看的美丽景象，她顿时觉得修道院里的图画真是毫无价值，她眼前的才真是美丽无比的画。

她想起，当她把两本画册放进箱子时，她父亲说：

"这小的一本是给你的，如果你还有兴趣写写画画。"

她找出那本画册，用小刀削尖铅笔，开始描绘那个穿着绿衣的林中仙女，朝阳照耀着壁画，荻安娜注意到这个仙女没有跳舞，只是优雅地踱步，她踩在云彩上，拉着同伴的手，并不是拉着她们跳舞的姿态。

"也许这是一位缪斯。"荻安娜想，在修道院，这些教外的寓言是被禁止的，可是她没有忘记神话。

荻安娜不满意自己的画，画了又画，一直把半本画册都涂满了，还是不满意。她忽然感觉有一只小手搭上她的肩头。荻安娜急忙回过头来，看见身后有个十来岁的小女孩，穿得很破旧，长得却很清秀。女孩看看她的图画，用讥诮的口吻说：

"你把女人的像描在书上，是在玩儿吗？"

"是的，"荻安娜回答道，"你呢？"

"我吗？不，我从不那样做。我的父亲禁止我那样做，我从来不在书上乱涂乱画。"

"我爸爸拿这个本子给我玩。"荻安娜又说。

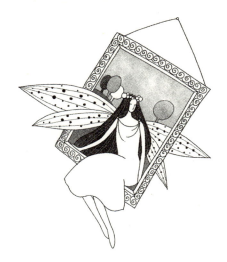

"真的吗？那么你爸爸很有钱了？"

"有钱吗？我的天，我不知道。"

"你不知道什么叫作有钱吗？"

"不大明白。我从来没有想到那些。"

"那么，你一定是有钱的人了。我呢，我很知道什么叫作贫穷。"

"如果你是贫穷的……我没有什么带在身上，我要去问爸爸……"

"啊！你把我当作乞丐吗？你太没有礼貌了，你！这是因为我穿的是布衣服，而你穿的是丝裙吗？你要明白，我的地位比你高得多。你不过是一个画家的女儿，我呀，我是布朗士·德·比克多尔小姐，是比克多尔侯爵的女儿。"

"那么，你怎么会认识我的呢？"获安娜问道。她对小女孩的这些炫耀的话感到莫名其妙。

"我刚才在我的城堡庭院里看见你爸爸，他在跟我的父亲讲话。我知道你们在这里过了一夜，你爸爸向我们表示歉意。我父亲本来是一位真正的爵爷，他邀请你们到一个陈设得好一些的房子里面去，不要住在这荒废的城堡里。我来通知你，你要在我家的新房子里吃午饭。"

"我到我爸爸要去的地方去。"荻安娜回答，"但是我想知道，你为什么说这个城堡是荒废了的呢？我相信，它始终是很美丽的，你不明白呀！"

"美丽？"德·比克多尔小姐愁苦却骄傲地说，"城堡里到处有大蛇、蝙蝠和苎麻。你用不着讥笑我们。我知道我们失掉了祖先的财产，我们被迫去过乡下小绅士的生活。但是我爸爸告诉我，那样并不降低我们的身份，因为没有一个人能证明我们不是比克多尔堡唯一的真正后裔。"

荻安娜越来越不了解这位小姐的意思和语言。她天真地问她是不是戴面纱的夫人的女儿。

这个问题好像大大地刺激了这位年轻的女主人。

"你该明白，"她悻悻地说道，"并没有什么戴面纱的夫人，只有愚人和疯子才相信那样的傻话。我不是鬼怪的女儿，我母亲的家世和我父亲的家世一样好。"

荻安娜感觉和小女孩实在无法交谈下去，她父亲刚好走进来，叫她准备出发，父亲说，车子已经修好了，比克多尔侯爵坚决地邀请他们吃午饭。侯爵的新房子在山谷的出口处，通向圣·约翰村的路上。这位侯爷常到他祖先府第的废墟里来散步，今天恰巧他遇到了这些被意外事故留下来的旅客们，他特别殷勤，坚决要求招待他们。

弗洛沙尔德低声地叫荻安娜换一件新一点儿的衣裙，荻安娜虽然天性单纯，却很机智。她发现布朗士·德·比克多尔对于她旅行穿的简单装束已经很嫉妒了，就不愿意再增加小姑娘的愤恨。她对父亲说，就这样穿戴，她甚至还把黑绒颈饰上的蓝宝石挂坠取了下来，放进口袋里。

车子装好了，步行来城堡的侯爵父女和荻安娜、弗洛沙尔德一齐坐上车，半个钟头以后，他们就到新房子了。

这是一座小小的农庄，简陋的住宅，屋顶小阁楼上还刻着贵族的徽记。侯爵虽然出身高贵，却没有受到足够的教育，很好客，却很浅薄，他一直在夸耀他的出身比吉阿当的八位子爵还要高贵，不停地为自己缺少华丽的物品表示抱歉，抱怨说在这个颓败的社会里，只贵不富是不被人尊重的。他在他女儿的面前这样说，真是错了。小布朗士生性骄傲而且嫉妒。她的内心充满愤懑。这真的很可惜，如果她知足，她可以是一个幸福的、可爱的小姑娘，因为她的父亲待她很好，她只缺乏一些外表的华贵。

午餐很好吃，也很干净，厨师是一个胖胖的乡下女人，她是布朗士的奶妈，是家里唯一的仆人。

大家聊了许多事情，荻安娜都不感兴趣。只是当话题转到她不敢说出口、实际上是很舍不得离开的旧城堡时，才引起她的注意。

父亲对侯爵说：

"你觉得手头紧，我很惊讶，你的艺术品你为什么弃置不管？你本来很可以拿它们来换好生活的呀！"

"在我的城堡里，真的还有什么艺术品吗？"侯爵问。

"在屋顶倾坍以前，应该有的。我看见许多残片，如果及时收集拯救，还可以送到意大利去，那里有人珍惜这样的古董。"

"是的。"侯爵又说道，"要是有钱，我本来是可以救一些的，我知道那个。但是连这一点儿钱我都没有。要办这件事，应该去请一位艺术家，请他选择、估价。然后还要包装、搬运这些东西，而且还要一个亲信去押运……你明白，我自己不能去干这些呀！"

"可是，在附近，就没有一个想买壁毯和雕像的人吗？”

“没有。现在的有钱人看不起古董。他们只知道赶时髦，时髦是滑稽、是沙砾、是扑了香粉的牧童。现在已经没有人再爱林中仙女和缪斯了。大家喜欢的是虚伪、是名利、是堆集。你的意思不是这样的吗？”

“我从来不说时髦的坏话。”画家又说道，“我是时髦的忠诚奴仆。可是时髦是变化的，大家的兴趣有可能再回到古老的格调，回到1328至1589年统治法国的王族瓦洛亚时代的格调。如果你救出一些城堡里的装饰碎片，把它们保存起来，将来它们又会有价值的。”

“我没有救出什么。”侯爵回答道，“我出生的时候，我的父亲已经让所有的东西都衰颓败坏了。那是由于愤恨，也是由于骄傲。他不愿意出卖他的城堡里的任何一粒石子，一直等到城堡快要倒塌到他头顶的时候，他才离开了它。我比他更卑微，更顺从老天的意旨，才来住在这小小的农庄上，这不过是我家巨大的产业的一点儿残余而已。”

获安娜觉得懊悔。她从衣袋里拿出一把她在花坛里拾到的各种各样颜色的小玻璃片，送到弗洛沙尔德面前说：

"爸爸，这些是我在城堡的花园里拾来的。我以为它们和别的石子一样，既然你说侯爵让所有的东西都损坏掉是一种错误，我就应该把这些东西还给他，因为那是属于他的，我不好意思拿走。"

侯爵很感动。他把这些玻璃碎片放在孩子的手里，说：

"留着作纪念吧，亲爱的小姑娘，我很抱歉这些只是玻璃片、大理石子，没有什么价值。我很愿意把更好的东西送给你。"

荻安娜有些迟疑。她发现匆忙中她把那粒蓝宝石小挂坠也带了出来，她也注意到比克多尔小姐看着蓝宝石挂坠的眼神，她看看父亲，对他指指小姑娘。弗洛沙尔德明白女儿的好意，把那个挂坠送给了比克多尔小姐。

"荻安娜的意思是，"他说，"请你接受这个雕琢过的小石头，来交换你家那些漂亮的玻璃片，彼此都留作纪念。"

比克多尔小姐满脸通红，耳根都红了。她很骄傲，从不接受别人的赠品，可是眼前的挂坠太可爱了，她的心狂跳起来。

"如果你拒绝接受，我的女儿会感到痛苦的。"弗洛沙尔德说。

比克多尔小姐捏住那颗宝石，几乎像是从画

献给会讲精彩故事的
妈妈
和那个最会倾听的
孩子

家的手里抢了过去，甚至来不及道谢，就一下子跑出去了，她是多么害怕她父亲不让她接受这个礼物呀。

侯爵了解女儿，他请求弗洛沙尔德原谅这个小野蛮人的无礼，代她道了谢。

吃完午饭，弗洛沙尔德辞别了侯爵，并且说，如果侯爵有机会到南方来，请来家里作客。侯爵感谢客人给他带来的快乐时光，他们再一次握手。布朗士勉强地走过来，冷冷地吻了一下获安娜。她的脖子上已经挂上了那个蓝宝石挂坠，还把手放在坠子上面，好像害怕被人抢去一样。获安娜觉得这个举动有点傻。临别时，侯爵又用篮子盛满了点心和水果，送给他们。

小巴库斯

余下的旅程平安地走完了，获安娜没有再发高热。

弗洛沙尔德把获安娜带到她后母面前，说：

"因为她生病，我才把她给带回来。她现在已经好了，可是应该留心，不要让她再发热。"

获安娜很高兴回到父母的身边，有好几天她快乐得晕乎乎的。弗洛沙尔德夫人起初也很快活，很细心地照料她，送给她各种小礼物，看起来她好像很爱获安娜，事实上她把她当作一个布娃娃玩耍。获安娜听任她安排：烫头发，换衣裳，打扮。为了穿衣服，一遍一遍地折腾，她也没有表示不耐烦。可是她越来越觉得这样的照顾实在有些受不了。她不停地被牵到镜子前试新帽、试新衣，她累极了，好不容易忍住呵欠，脸色越来越苍白。她不想按后母的意愿来打扮，她想穿得简单一些，于是她遭到狠声恶气的抱怨，好像犯了严重的错误。她想做点儿别的事，随便学点儿什么都可以。但是弗洛沙尔德夫人始终以为她问的问题太傻了，总以为获安娜正常的好奇心有百害而无一益。获安娜只好把想学绘画的意愿隐藏在心底。弗洛沙尔德夫人只希望，有一天丈夫发了大财，她就可以耀武扬威做贵妇人了。

获安娜开始怀念她原本不喜欢的修道院了。在那里，她的生活至少是有规律的。现在，她面色苍白，她的脚步沉重，每天傍晚开始的高烧又发作了，每天从日落一直烧到第二天早晨。

后妈乐尔焦虑得不近情理，叫荻安娜一把一把地吃药，凡是到家里来的漂亮夫人的主意都去尝试一下。每一天总能发现一个治病的新方法，按照各种方法不停地治疗，病一直不见好。孩子始终默默忍受，还告诉她父母说她已经没有病了，不觉得有什么不舒服了。

弗洛沙尔德先生不像他的女人那样躁动，可是他更加忧伤。他白天不得不画画，夜里听着女儿的呓语，他担心她会疯了。

幸好弗洛沙尔德的朋友当中有一位老医生——费隆。医生很了解弗洛沙尔德夫人，也注意到她对孩子的态度。有一天，他对弗洛沙尔德先生说：

"你应该让孩子安静，把所有的药水、药丸都扔到垃圾箱里去，只按我的处方治疗。千万不要违背孩子自己的爱好，她的爱好都是合情合理的。你难道没有发现，你们越担心她的病，她病得越发厉害了吗？她觉得苦恼。让她自己自由行动吧。她对什么有兴趣，就帮助她向那个方面发展。千万不要把她当作试衣服的小木偶，那样会使她疲劳，并不能让她快乐。让她的身体和头发自由自在。要是弗洛沙尔德夫人不满意，你就劝你夫人不要去照顾孩子，劝夫人去做别的事情吧。"

弗洛沙尔德先生明白夫人是不好说话的，他于是设法让她有另外的消遣。他告诉她，孩子没什么严重的病，请她恢复先前的生活，会客、游玩、到城里出席宴会、参加跳舞之类的社交生活。

这件事情并不困难。获安娜因此得到了解放。

获安娜向父亲请求，在他工作的时候，她可以到他的工作室里去，他允许她坐在一个小角落里，她很安静，有时看着画布，有时看着模特儿，她不画画，免得旁边的人看了发笑。她现在明白绘画是一种艺术，要多看多想才能有体会。

她很想学习绘画，可是她不敢说出口，担心父亲会像从前那样说她没有天赋，担心她的后母也出来反对。

弗洛沙尔德先生不再反对她的意愿。费隆老医生劝他留心女儿的意愿，他期待女儿表现出从前描摹人像的兴趣，他给了女儿铅笔和绘图纸。可是获安娜不画，她只看着父亲的作品和草稿出神。

她时常想念比克多尔城堡，她不敢再相信戴面纱的夫人让她看的一切事情。她怀疑自己是在发高烧，因为那些景象很恍惚。如果是做梦，她希望重温好梦。可是不能想梦就梦，获安娜浴室的缪斯也不再来呼唤她。

一天，获安娜整理她的东西时，又找出了比克多尔堡花坛上的玻璃碎片和石子。在那一把碎片和石子中，有一个硬硬的沙土球，像胡桃那样大，她打算当弹子玩。沙土球滚动时，上面的沙土脱落下来，获安娜发现沙土里包着一颗大理石球。这个球并不光滑，也不是滚圆的。获安娜仔细研究，才看清楚，那是一个小小的脑袋形状，是孩童雕像上的一个小脑袋。这个发现让她非常愉快，她不断地去转动它，有时把它放在阳光里，有时把它放在阴暗处，每次都发现它有不同的美丽。

一个多钟头，她一直沉浸在这样的游戏里。费隆医生悄悄看着她，和蔼地问：

"你这么高兴在看什么，我的小获安娜？"

"我不知道。"她红着脸回答道，"你自己来看看吧，我的好朋友。我呢……我想这是小丘比特的面孔。"

"我想它更像是年轻的酒神巴库斯的面孔，因为在他的头发上有葡萄藤呀。你怎么找到这个东西的？"

"在我爸爸对你说过的那座城堡的沙石堆里面找到的。"

"给我看看！" 费隆医生戴上眼镜说，"呃！很漂亮，这东西！它是一件古董。"

"换句话说，就是不算时髦的东西吗？乐尔妈

妈说过，凡是古的都是很丑的。"

"我的看法和她相反，我觉得新的才是丑的。"

弗洛沙尔德走了进来。他刚画完了一张像，在开始另一张以前，他特地来找医生，问他孩子的身体怎么样。

"我觉得她很好。"费隆医生回答道，"而且比你还有头脑。她称赞这个雕刻小像，我打赌那是你不会欣赏的。"

弗洛沙尔德问明这个东西的来源，冷淡地看了一眼，就把它扔在桌子上。

"我不能像你这样喜欢古董，还自信有辨别能力，来批评鉴赏。我不否认你的博学，亲爱的医生，可是这样残缺破败的东西，你却用信仰的眼光看待它。我不可能这样做。这一切所谓的希腊或者罗马的艺术杰作，总使我联想到获安娜玩坏的布娃娃，不是撞没了鼻子便是跌坏了脸。"

"亵渎呀！"医生带着怒气说道，"你敢来

比较一下吗！……啊！哼，你真是一个浅薄的艺术家！你只知道花边和手笼，你从来没有想到什么叫生活！"

弗洛沙尔德习惯了费隆医生的暴躁的脾气，他笑了笑。这时，仆人来通知他，他的主顾，侯爵夫人的马车已经进了院子，他带着微笑离开了。

"今天你很厉害，我的好朋友，"获安娜向费隆医生说，"我爸爸是一位大艺术家，大家都那样讲。"

"这就是为什么他不应该再讲傻话了。"费隆回答，仍然很激动。

"他说的话不是真理，他不过是开玩笑罢了。"

"好像是吧！不要去管它，但是你……嗯！你觉得这个小脑袋很漂亮，不是吗？"

"啊！真是很漂亮，我喜欢！"

"你知道那是因为什么？"

"不知道。"

"试着讲讲为什么。"

"它笑，它快活，它年轻，好像一个真的孩子一样。"

"可这是一尊神像啊。"

"你说过，他是酒神！"

“那么，你注意到这个孩子的脑袋与众不同的地方了吗？雕刻它的那个人，认为这个孩子应该比任何一个普通的孩子要健康、要尊贵。仔细看看他脖子上的筋肉、颈窝的力量、宽大高贵的额头、蓬松的头发。也许我说得太多了，你还不太能明白。”

“说下去，我的好朋友。也许我能明白！”

“认真听我讲，你不觉得很累吗？”

“相反，我很享受。”

“好啊。你该知道希腊艺术家擅长把饱满深重的情绪表现在细小的物件上面。你记得我收藏的雕像吗？”

“是的，我记得很清楚，还有城里的那部分最美丽的收藏品，但是从来没有人对我解说过。”

“哪一天你可以来我家里玩上一天半天，我会让你明白那些艺术家怎样用最简单的方法、素描的形式，表现出伟大和美丽。你也可以看看后期罗马的半身像。罗马人虽然赶不上希腊人那样高贵和纯洁，可是也有大艺术家，他们永远是真实的，在真实的生活里面感觉到生命的真谛。”

“我不太明白了！”荻安娜说着叹了口气，“我很想知道什么是生命的真谛！”

“这个很容易懂。你的衣服、你的鞋子、你的梳子，那些东西有生命吗？"

"啊！没有。"

"我的顾盼、我的微笑、我的前额上深深的皱纹，这些都是死的吗？"

"当然不是哦！"

"好！当你看到一个绘画或雕刻的人物，你没有觉得它是活生生的，那么，它一定没有比你的布娃娃更好，没有生动的脸，衣服珠宝的细节也不能让它显得有生命。现在你手里这个没有身躯的小头颅，而且是残缺的头颅。可是它是有生命的，因为雕刻这一小块大理石的人有意识赋予它生命。你现在懂了吗？"

"我想我懂了，我懂了一点儿，请继续讲下去。"

"不，今天已经够了。我们下次再讲吧，别弄丢它……"

"我的这个小雕像吗？啊！不用担心。我太喜欢它了。它是从一个我绝对忘不了的人那里得来的。"

"是谁？"

"那位夫人……那位夫人……我不能对你说起……"

"那是秘密吗？"

"嗯！是的。我不愿意说！"

"也不对我说，不对你的老朋友说吗？"

"你会取笑我吗？"

"我向你发誓不会。"

"但是你会说那是因为发高热。"

"什么时候我那样说过呢？"

"你那样说，我心里会难受的。"

"那么，我决不那样说。你讲吧。"

获安娜一五一十地把比克多尔堡的奇遇告诉费隆，医生认真听着，没有笑，也没有表示怀疑。他甚至还用提问来帮助她回忆，帮她想明白。这个孩子的想象有诗意的倾向，这种有着神秘意味的想象，很像是高烧引起的臆想，却是一个有趣味的研究题目。他想不应该揭穿谜底。他也说她的所见所闻都是确定的、真实的。他的表情也好像不大明白她究竟是不是在做梦，这样她会保持欢乐的心情。离开她的时候，他暗自想：

"有人讥笑孩子们天然的倾向，不知道自己实在犯了很大的错误。阻止孩子们自由发展，实在是罪过。这个孩子生来是一个艺术家，可是她的父亲还没有发现。但愿上帝不让她父亲去教她！他会让她讨厌艺术的。"

获安娜真算得上幸运，她的著名画家父亲还没有想要"培养"她，因为她身体虚弱，父亲总是事事都顺着她。获安娜常到费隆医生家里去，她把他的古董看了又看，费隆本来是一个严肃的鉴赏家，良好的批评家，虽然他从来没有拿起笔来画过。他尽力启发获安娜，让她自己产生意愿，想把她所看见的东西画下来。医生的启发真的很有效，费隆医生出诊的时候，获安娜在他家里对着各种半身像、小雕像、徽章、石刻、版画作了很多素描。

孩子们，如果我说她画得好，那是欺骗你们。她还太小，太随心所欲，可是她已经有了基本的认识，那就是她明白自己的素描不值得恭维。从前她总是觉得自己画得很好。其实她画的都是不成形的东西，却凭着想象，幼稚地认为自己在画漂亮的人物。比如，以前她画一个圆圈，下面接上四条腿，她就认为自己画了一只绵羊，或者画了一匹马。这些幼稚的幻觉渐渐消逝了，每次她描了一些东西，医生总对她说："嗯，嗯！这不算差。"她却对自己说："不，我看得出来很差。"

有些时候，她相信是发烧影响了她的观察，她就主动请她的好朋友费隆给她医治。她的病渐渐好了，当她有力气玩的时候，她就不想急急忙忙地练习素描。她和她的奶妈一起在园子里或田野里散步游玩，她恢复了力气，夜里也睡得很香。

妈妈到底长什么样儿

五月里，全家离开城市，住到了乡下。获安娜很喜欢乡间。

一天，她在两座花园当中的树林里采紫罗兰，她听见在离她不远的地方，有人在说话，透过树枝看过去，她看见她的后母正在拜会邻居夫人。后母穿了一套玫瑰色的薄绸衣裙，上面罩着漂亮的纱裙。她们两人同坐在一张凳子上。

获安娜走过去打了个招呼，羞羞怯怯地站着。可是她觉得后妈乐尔对她非常冷淡，不明白这样打招呼是不是让后母不高兴了。呆呆站了一会儿，获安娜不安地走开了，回到了紫罗兰旁边，她不敢走得太远。

也许是在矮树丛的后面，两位夫人看不见她，获安娜听见乐尔说：

"我以为她是来向你致敬的，可是她躲了起来！这个孩子，自从她父亲禁止我管教她之后，她就越发不懂礼貌了！亲爱的，你说我该怎么办呢？她父亲没有主见，被费隆医生控制着。那个医生像一只奇怪的熊，他说孩子不需要接受任何的教育。你看看，这就是好效果哟！"

"真的呀，"邻居夫人说道，"她生得漂亮，看上去也很温柔。我常常看见她在我的花坛附近走

动，她不采花，一看见我，就恭恭敬敬地向我敬
礼。如果她穿得更好看一些，她就完美了。"

"啊，是的，穿着得好看呀！亲爱的，你想想
看，那个老医生禁止她穿紧身背心！腰上也不用鲸
骨！你想她怎么能不驼背呢？"

"她的背并不驼呀。她的身材很好，不需要束
紧就能穿上好看的衣服，可是在她的裙子上装饰太
少。"

"唉！她自己不要装饰。这个孩子不喜欢穿
好看的衣裳。她像她娘，她娘是一个普通的家庭妇
女，只喜欢下厨房，根本没有好风度和高贵的举
止。"

"我认识她的亲娘，"邻居夫人又说道，"她
是一个善良的女人，既通情达理，又出色，我敢向
你保证。"

"哦？也许。我呢，是听别人那样讲。弗洛沙
尔德先生把她的照片藏了起来。他从来没有把她的
照片给我看过。他不要我提到她，总之，这跟我没

有什么关系！各人按照自己的心意去教育孩子！不
让我干涉！可是我却爱她，如果她父亲同意我使她
变得可爱的话……可惜……"

"那么，你讨厌她总是抑郁愁闷么？"

"不，亲爱的，还要更糟。她总是稀里糊涂、
恍恍惚惚的，她还有一点儿呆傻。"

"可怜的孩子！别人什么都不教她吗？"

"什么都不教！她甚至都不知道在自己的头发
上结一条缎带，插一朵花。"

"我以为她爱素描哩。"

"是的，她喜欢。但是她的父亲说她没有天
才，她一点儿也不懂绘画，就像她对其他的事情也
是一点儿都不懂一样。"

荻安娜听不下去了。她用双手蒙住耳朵，跑
到林子深处，在那里悄悄哭了一场。她不明白最大
的痛苦是什么。是因为被人当成呆傻而感到屈辱？
抑或因为被父亲看作无能而气短？还是因为没有被
爱？

"可是爸爸是爱我的，"她对自己说道，"我
相信。如果他也觉得我又愚蠢又呆笨……那是可能
的。可是他并不会因为这些就不爱我了。只是乐尔
妈妈才看不起我，不关心我。"

在此之前，荻安娜总是尽力去爱乐尔。这时候

她才知道她在乐尔心里并没有什么地位，她想念她的亲娘，努力去追忆她，可是她想不起什么。当她失去亲娘的时候，她还在摇篮里，一点儿记忆也没有留下。她父亲和乐尔结婚的情景也很模糊，只是注意到那一天她的奶妈愁苦的表情。她只记得奶妈看着她说了又说："可怜的孩子！真是不幸啊。"

乐尔那一天吻了获安娜，喂她吃糖果。获安娜于是忽略了奶妈的愁苦。现在她听见她的后妈用那种口吻说她和她死了的亲娘，才开始明白奶妈愁苦的来由，虽然没有人向她说过她的生母，可是她现在热切地思念着生母，感到了有生以来未曾感到过的痛苦，她刚刚发现了隐藏在她心里的真情。她躺倒在草上，呜咽抽泣，轻轻地叫着：

"妈妈！妈妈！"

忽然，盛开的丁香花丛中一个温柔的声音在呼唤她：

"获安娜，亲爱的获安娜，我的孩子，你在哪里？"

"这里，这里，我在这里！"获安娜叫着，疯了似的跑去。

那个声音忽而在这一边，忽而在那一边。获安娜跑着寻找，她跑到海边，她不知道自己到了哪里。她走下海，坐在一条银眼金鳍的海豚背上，她看见半人半鱼的妖怪，在水里采花。忽然间她又飞升到高高的山顶上，有一个高大的雪雕人像对她说：

"我是你的母亲，过来！"

获安娜不能动弹，因为她也变成了雪雕像，她努力挪动，结果滚到山谷里，跌成了两段，可是在那里她又看见了比克多尔城堡和戴面纱的夫人，夫人向她做手势，叫获安娜跟她去。她挣扎着叫喊："请你让我看看妈妈！"但是戴面纱的夫人一下子变成了白云……获安娜猛然惊醒过来，感觉有人吻在她的额上。那是她的奶妈朗弗瑞特在说话：

"我找了你有一刻多钟了！以后不要像这样在草地上就睡着了，地上还凉得很。这是点心，我给你带来了。快起来，你会生病的！到这里来，到阳光下来吧。"

获安娜不觉着饿，她把这场梦和从前做过的梦混淆起来，自己把自己弄糊涂了。过了好些时候才恢复清醒，她忽然喊着奶妈的昵称问朗弗瑞特：

"鲁鲁，妈妈在哪里？不是现在这个妈妈，不，不！不是乐尔妈妈，我的真妈妈，从前那个妈妈！"

"啊！我的天！"朗弗瑞特惊诧道，"她在天上，你是知道的！"

"是的，你说过！但是天在哪里呢？怎样才能爬上天去呢？”

　　“靠理解，我的孩子，靠善心，靠忍耐。”朗弗瑞特回答道。奶妈一点儿也不傻，虽然她很少讲话。没有需要，她从来不开口。

　　获安娜低头沉思。

　　“我知道，”她说道，“我是一个小孩子，我还不懂。”

　　“你会懂！像你这样的年纪，你已经懂得很多了。”

　　“可是，在我的年纪，还是傻，不是吗？而且我总是让别人讨厌！”

　　“为什么要这样说呢？我讨厌过你吗？你的父亲爱你。医生也爱你。”

　　“可是乐尔妈妈呢？”

　　朗弗瑞特从来不撒谎，她不说话了。获安娜又说：

　　“啊！我很明白她不爱我。告诉我，我妈妈爱我吗？”

　　“毫无疑问她爱你，虽然你那时候还是一个婴儿。”

　　“现在，如果她看见我，她会怎样？更爱我一些？不爱了？”

　　“母亲爱儿女始终是一样的，不管什么年纪。”

“那么，我真是不幸，我没有母亲。”

“这个不幸得由你自己补偿，你应该永远那样地善良，那样地懂事，就像她看得见你一样。”

“但是她看不见我呀！”

“啊！我没有说那个！我不知道，但是我不能说她看不见你。”

这样的回答对获安娜是合适的，因为她是有想象力、有爱心的孩子。获安娜抱着奶妈亲吻，向她提了关于她母亲的千百个问题。

“孩子，”朗弗瑞特说道，“你问得太多了。我和你的妈妈相处只有很短的时间。在我心里，她是世界上最美丽最善良的人。我为她哭了很久，现在想起来还要哭。如果你不愿意让我痛苦，就不要老是提起她。”

原来，奶妈见获安娜太激动了，她想用这样的回答来平息孩子的情绪。她努力帮孩子散心，但是夜里孩子又发了烧，整个夜晚，获安娜都疲倦地做着混乱的梦。早上，获安娜退了烧，睁开眼，看见天开始亮了。透过蓝色的帐子往外看，她的房间全是蓝色的，她分辨不出任何东西。渐渐地她才看到有个影子站在她的床前。

“是你吗，鲁鲁？”她问道。

但那个影子一声不吭。获安娜听见朗弗瑞特在床上咳嗽。那么看护荻安娜的人究竟是谁呀?

"是你吗,乐尔妈妈?" 荻安娜忘记了后妈说过自己的坏话,只想着自己还能爱她。

那个影子还是不回答。荻安娜看见她脸上蒙着一层面纱。

"啊!" 她欢呼起来, "我认识你了! 你是那边的好仙女! 你终于来了! 你来做我的母亲吗,你?"

"是的。" 戴面纱的夫人回答道,声音好听得像水晶那样清澈。

"你爱我吗?"

"是的,如果你也爱我。"

"啊! 我很愿意爱你呀!"

"你要同我一道去散步吗?"

"自然啊,马上就走。但是我还很虚弱!"

"我抱着你。"

"是的,是的! 让我们去吧!"

"你要看什么呢?"

"我的母亲。"

"你的母亲吗? ……就是我。"

"真的吗? 啊! 那么,掀起你的面纱,我要看看你的脸。"

"你明明知道我已经没有脸了!"

"唉，唉！我永远不能看见你的长相了吗？"

"那就靠你自己了。你可以把我的本来面貌还给我，那时候你就能看见它了。"

"啊！我的天，这是什么意思呀？我怎样办呢？"

"你要把它重新找出来。随我来，我会让你明白很多的事情。"

戴面纱的夫人把获安娜抱走了……我不能够告诉你，她们到了什么地方，获安娜自己也回忆不起来。她好像看见了许许多多很美丽的东西，因为当朗弗瑞特走来唤醒她的时候，她把奶妈推开，转身向床里边睡，想再去追寻梦境。可是她的梦改变了，戴面纱的夫人已经变成医生的面孔，穿着医生的服装，对她说：

"乐尔妈妈爱不爱你，什么关系呢？除了她以外，我们还有许多正经的事情要料理哩！"

接着获安娜梦见她的床上堆满了画像，一幅比一幅美丽，每次当她看见一个女神像的时候，她便叫："啊！这是我的母亲，我敢确定！"但是转眼间那幅画像就变了样，她再也找不着她以为已经认出来的相貌了。

快到九点钟的时候，朗弗瑞特请来的医生和她的父亲一齐走进屋子里来。孩子没有再发烧，病势开始好转。有奶妈的细心照顾，夜里也很平静。两天以后，她又恢复了健康，按照医生的要求，她散步，玩耍。

美丽的侧面像

　　某一天，观察细致的费隆医生，感觉这家人有了变化。乐尔妈妈想把获安娜再送回修道院，已经不是光隐藏在心里了。这倒不是因为嫌弃，乐尔也并不凶恶。她只是虚荣轻浮。她说获安娜呆傻，只因为她本人呆傻。她因为管教不了孩子，觉得伤了脸面，受了屈辱。她不停地对丈夫说孩子什么也不行。她以为把孩子引到像她喜欢的那种浮华无聊的生活，才算是"行"。弗洛沙尔德不知道怎么办才好。他在他夫人的吵闹和医生的劝告当中举棋不定。他用怀疑和焦急的眼光望着他的女儿，他不明白这个孩子究竟是像费隆先生所说的那样，她的智慧超过她的年龄呢？还是像乐尔指责的那样，是无礼没有教养的呢？为了她的前途，是不是把她再交给在芒德的修女姐姐看管要好些？

　　获安娜渐渐恢复健康，她一向不懂得抱怨，对于继母刻薄的斥责，似乎也不再挂怀了。但是她不再爱继母，也不再希望继母爱她。这位美丽的夫人与她毫无关系，她想着别的事情。

她的学习热忱特别高涨，她现在想学习的不只是素描，还有历史。费隆医生告诉她艺术的历史，激发了她对历史的兴趣，她关心世界上事物的"为什么"和"怎么样"。费隆说："还太早呢，像你这样的年纪，对于人世间的事儿，最好是什么也不懂。"但是要让孩子了解任何一种艺术的历史，却不涉及原因，换句话说，不涉及人类社会整个的历史，那是不可能的，所以他不能不认真准备。她贪婪地听，费隆却遗憾不能更多地照顾她。在她自己的家里，获安娜简直得不到严肃认真的教育。和弗洛沙尔德聊天时，画家说曾经想过要为女儿请一个女教师，但是显然没有谁能与乐尔和平相处。于是费隆下了很大的决心说：

"我想，"他对艺术家说道，"你把你的女儿和她的奶妈交给我。"

"你在开玩笑吗？"弗洛沙尔德叫起来，"把我的女儿给你？"

"是的，把她交给我，又不离开你，我们是门对门的邻居，如果你愿意，她夜里回家睡觉，从早到晚，她都待在我家里，我来教育她，看护她。"

"可是你没有时间呀！"弗洛沙尔德说道。

"我有时间。我老了，钱也挣够了，我有权利退休了。我把我的主顾让给我的侄儿，他刚完成了学业，而且他一点儿也不傻。我把他当作自己的儿子养大，我始终想抚养一个女儿，把我的财产分赠给两个不同性别的孩子。呃，你想这样合适吗？"

费隆最后这句话，太有诱惑了。弗洛沙尔德对于女儿这样美好的将来，实在没有理由拒绝，特别是夫人乐尔现在这样坐吃山空，他怕将来有一天，他自己要破产。为了满足她奢侈的要求，他已经开始被迫欠债。他接受了费隆的建议，乐尔也很高兴这样。她觉得孩子和朗弗瑞特完全住在医生家里，这样更好。于是获安娜搬进了费隆家的一个漂亮的小房间，朗弗瑞特住在她旁边。

费隆医生履行了他的诺言。他不再像以前那样忙碌，他每天在他的女学生休息时，抽两个小时接待病人，这两个小时里，获安娜也可以回家。费隆先生的侄儿马斯南先生，晚上总来向费隆汇报，把严重的、有趣的病案告诉费隆，征求他的意见。如果还有时间，马斯南先生还会跟获安娜玩一会儿、聊一会儿。他把她当作小妹妹。马斯南是个好孩子，对于她没有丝毫嫉妒。他认为从伯父那里得来的教育、知识和顾客，已经是一笔很大的财富，至于物质方面，他没有要求。

获安娜生活得很幸福，她爱学习，身体一直很健康。不过她对于素描的热情似乎不那么高了，不过不要紧，假如一个人只会做一件事情，就等于什么事情都不会做。

获安娜长到12岁了，她美丽、单纯、快乐、善解人意、从不炫耀自己、不想引起别人的注目，她接受了正规的教育。她的情绪，严肃而热烈，有着她这个年龄很少的沉着。她的画画得很好，她学会了父亲的一些用笔方法。但是她不再把她画的东西拿给人看，因为有一次费隆医生和她的父亲为她的画争执不休。获安娜觉得医生教她认识什么叫美，培养她关于美的爱好，但是他不能教给她抓住美、表现美的方法。父亲画得好，可是在他自己画法以外的东西，他都判断得不正确。有真知灼见的不懂得实践，会画的又不知不觉有偏差，她将怎样判断呢？

这个问题严重搅扰着她，她仿佛又病了。费隆医生给她治疗，显得并不焦急，只是努力寻找她再次发病的精神因素。朗弗瑞特对医生说，据她看，获安娜画得太多了。因为获安娜不愿意别人看见她的工作，她常在天亮以前就起来了，奶妈在旁边，看见她在素描的时候，有时满脸通红，高兴得好像发疯，有时脸色灰白，满眼是泪。

费隆医生决意要让心爱的养女说出她的心事来。尽管她想保持沉默，可是她却不能拒绝他慈爱的问话。

"嗯！"她说，"我承认，我有一个固定的成见。我应该找出一张脸，可是我却找不到！"

"一张脸？还在想那个戴面纱的夫人吗？儿童时期的幻想又出现了吗？"

"唉，唉！我的朋友，幻想从来没有离开过我，自从戴面纱的夫人对我说：'我是你的母亲，当你把我的面貌还给我的时候，你就会看见我了。'我当时没有立刻听懂她的话，但是渐渐地我体会到了，我应该去寻找，绘出我从来没有看见过的一张脸，那就是我母亲的脸，也就是我找寻的面貌。有人告诉我她很美！我也许画不出那样美貌的脸，除非我有很大的才能。我希望有才能，可是我知道才能不是从天而降的。我不满意我自己，我把画儿撕碎、涂抹掉。我觉得我的画像都丑陋得没有意义。我注意到我父亲怎样美化他的模特儿，真的，他的确把她们画得美极了。现在我才明白，他的成功有秘诀。我看见那些模特儿，他们不全是美丽的，来请他画像的，有一些夫人很衰老，有些先生很丑陋，在我父亲的画布上，他们都成了帅哥、美女了。他们的相貌，每个人都有特点，我父亲画画时取消了这些特点，他们也很高兴自己的丑陋被抹去了。按我的想法却正是要按照他们真正的情态来画。我很明白，如果我学会了画画，我将和我父亲背道而驰。这让我不安，因为他真的有才能，我却没有。"

"现在，他有才能，而你没有，是确定的。"费隆说道，"但是你将来会有才能，才能迟迟来到，让你太焦急。当你有了才能的时候，你所有的，肯定是另外一种才能，因为你用另一只眼睛在观看。你父亲不能够什么都教你，你得自己去寻找，这需要时间。你想走得太快，这样你就很危险。一着急你就发烧，一个人身体不好，绝不会做出有价值的事情来。至于你要找寻的那张脸，如果为了赶走纠缠你的那个戴面纱的夫人，有条捷径。你父亲有一张你生母的画像，精致逼真得很。那不是他画的，他也不喜欢，因为和他的画法相反。他没有把它给别人看过，他以为完全不像她。我却认为太像，我可以向他要了来，给你看看。"

获安娜急着要看到母亲的相貌，她热烈地向费

献给会讲精彩故事的**妈妈**和那个最会倾听的**孩子**

隆道谢，她激动地说要走捷径。费隆先生答应她，第二天就可以把小像放在她的眼前。他要她答应，要学会沉静，学会忍耐，不要急躁。

"你还要学习十年，"他对她说道，"才能了解你的工作。你该看看大作家的经典作品。当你长大了，理解力强了，我们就去旅行，然后你跟随高明的画师学习，因为在这里，在你父亲的眼前学别人的画法，这是大不敬。这里的人都以为他是世界上首屈一指的画家，眼看你去跟另一个老师学，他会伤心的。"

"啊！不可能那样做，我明白！"获安娜说，"我会尽量忍耐，我的好朋友，我会通情达理的，我发誓。"

但是夜里她刚睡着，就看见戴面纱的夫人请她到比克多尔堡去游玩。她们刚刚走到，一个瘦削漂亮的姑娘请她们赶快走开，因为城堡快要倒塌了。获安娜认出这个姑娘正是比克多尔的布朗士小姐，当获安娜喊她名字的时候，她回答道：

"你很容易把我认出来，是因为我脖子上还戴着你给我的蓝宝石坠子。否则，你根本不知道我是谁。你的记性不好，你曾笨拙地画过我，画得一点儿都不像。赶快离开这里吧。城堡在崩裂，它已经抵挡不住暴风雨，就要倒塌了。"

获安娜害怕起来，但是戴面纱的夫人打手势叫布朗士离开，她一步跨进排列着圆柱的回廊，又打手势叫获安娜跟着她过去。获安娜顺从了。城堡倒塌了，砸在她们身上，她们却毫发无伤，不过像一阵风雪刮过。浮雕美丽的石片像是从云彩上纷纷落下，一个比一个好看，铺满了地面。

"赶快，"戴面纱的夫人说道，"快找我的脸，它应该在里面，你赶快认出来。如果你办不到，你这一辈子就不能认识我了！"

获安娜找了很久，拾起各式各样的浮雕，有的是在硬石上刻成凹下去的形象，有的是在贝壳上刻成凸出来的浮雕。这一个，脚极其优美，那一个，侧面极其妩媚或者极其严肃。还有一些像古代面具那样的，刻工都很精细，她啧啧称赞。夫人又催促她：

"赶快。"她说，"不要瞧着这些东西玩，只有我的脸，才是你应该寻找的。"

获安娜捡起一片透明的玛瑙石，上面雕刻着一个白色的侧面像，正是她想象的美丽，头发朝后面披拂，扎着一条缎带，额上有一颗星。这个小小的雕像，起初只像嵌在戒指上的宝石那样大，但是当获安娜注视着它的时候，它便渐渐长大，一直长到巴掌那么大。

"谢天谢地！"夫人叫了起来，"你找着我的脸了！这正是我，你的缪斯，你的母亲，你要知道你没有弄错！"

她于是解开系在脑后的面纱，但是荻安娜还没来得及看清她的面貌，幻影消逝了，她醒了。可是梦中的景象是那样地真切，那样地动人，她不能立即恢复神志，只是攥紧自己的手，以为还握着那块宝贵的雕像，这块可贵的宝石至少还保存着她痴情寻求的形象。可惜呀！幻影转眼就消逝了。她枉然捏紧了自己的手，接着，她伸开指头，掌心里什么东西也没有，绝对没有。

费隆医生带着一个用金纽扣装饰的皮盒子进来，他想把它打开，他以为荻安娜会欢叫着扑过来，但是她把它推开了，说：

"不，不，我的好朋友！还不是我应该看她的时候哩！她不愿意这样做。她要我找到她，否则她就永远抛弃我了！"

"你决定吧，"费隆回答道，"你有你自己

的主意，我也常常不理解你，可我不愿意违背你。我把小像给你留下，它是你的了，你父亲把它给你了。你想看时就看吧。你已经到了能够分别梦幻和真实的年龄，我并不担心。"

获安娜谢过费隆先生的金玉良言和带来的珍贵礼物。她吻了一下装着画像的盒子，可是没有打开，把盒子藏在她的写字台抽屉里，并且对自己发誓说她一定等待神秘缪斯的允许才看。她抵抗着急着想要认识那张脸的欲望。她勤勤恳恳地在她的笔端寻觅。她也对医生实践了她的诺言，她更耐心、更努力地工作，并不奢望立刻成功，她只是努力学习素描，并不企图在一两天之内勾勒出美丽的形象来。

帮助她忍耐的，还有一个原因，那就是，她完全记得起她在梦中看见的那个美丽的侧面像。她每次一想到它，就立刻呈现在她的眼前，总是一样地鲜明。她不敢想得太长久，也不敢想得太频繁，因为时间一长、次数一多，那个形象就颤抖起来，好像要跑掉似的。

找到了母亲

获安娜学习、锻炼，感觉生活美满幸福，一直到了15岁。

一天，她发现她父亲闷闷不乐，连相貌都改变了。

"你病了吗？我亲爱的父亲。"她亲吻他，说，"你都不是平常的样子了。"

"唉！"弗洛沙尔德有点儿慌张，"你从脸上能看出什么来吗，你？"

"我在尝试，爸爸，我在努力。"获安娜说道，她明白父亲的话里对她追求艺术的热情有讥笑的意思。

"你在努力！"弗洛沙尔德带着愁苦的神气研究她，说道，"为什么你非要当一个艺术家？你不需要这样做的。因为你已经有了第二个父亲，这个父亲比第一个父亲更聪明、更富有。你想要体验工作的艰苦，其实你完全可以免去这个烦恼的！何苦呢？有什么好处？"

"我回答不了你的问题，亲爱的爸爸。那是不由自主的，可是如果我让你不高兴了，我可以放弃它，纵然放弃它我会痛苦。"

"不要，不要！你玩吧，做你愿意做的吧，憧憬吧，那是年轻人的福气。以后你会明白天才不能拯救命运！"

"我的天！你不幸福？"获安娜扑进父亲的怀抱，"怎么了？为什么？告诉我。你不幸福，我也不幸福了。”

“别担心，”弗洛沙尔德亲热地吻她，“我是想考验你，我没什么，我只疑心你不再爱我了，因为……因为我忽略了你的教育，把你交给另外一个人去照管。你也许以为我是轻浮、冷酷、被人摆布得像孩子一样的……一个父亲。”

“不，不，我的父亲，我崇拜你，我从来没有那样想过。我为什么要那样想呢？天呀！”

“因为有时候我自己曾经这样想，我责备我自己。现在，我想到如果我破产，不会连累到你，我也心安了。”

荻安娜还在问，可是父亲不愿继续说下去，故意说起别的事情，后来又开始工作了。可显然他激动不安，烦躁，好像厌恶自己的工作。忽然间他愤怒地扔掉他的画笔，说道：

“今天画不好，我是在糟蹋画布。再画下去，我会把它撕碎的。来，跟我出去走走！”

正当他们预备走出房门的时候，乐尔走了进来，和往常一样的艳装，可是脸色变了：

“怎么？”她说，“你不工作？可是今天下午，这幅画像要交货呀。”

“如果我想在明天交货呢？”弗洛沙尔德冷淡地回答道，“我是顾客的奴隶吗？”

"不，但是……你必须在今天晚饭前拿到这幅画的工钱，因为明天早上……"

"啊！是的，你的裁缝师，你的衣料商。他们都等得不耐烦了，我知道，如果我们没有钱，又会大闹一场。"

荻安娜瞪大眼睛，这个反应触怒了乐尔。

"我亲爱的公主。"她说，"你打搅你的父亲了，你让他不能工作，特别在今天，他必须工作。你让他安静地绘画吧。"

"你的意思是要赶我走吗？"荻安娜有些茫然。

"不，决不！"弗洛沙尔德先生吼着把女儿拉过来按在身边的椅子上，"别走！你没有打搅我！"

"那么，都是我在啰嗦了。"乐尔回答道，"我明白，我也知道，我应该做什么。"

"随你的便。"弗洛沙尔德冷冷地说。

乐尔冲出门去，荻安娜的眼泪雨点般滚落下来。

"你怎么了？"父亲勉强地微笑一下，"我和乐尔妈妈吵吵嘴，跟你有什么关系呢？她不是你的亲娘，你不会是疯狂地喜欢她吧？"

"你不幸福。"荻安娜哽咽着回答，"我的父

亲不幸福，我还一直不知道！"

"不，"父亲又恢复了往常轻快的声调，"人并不因为遭遇了困难，才感觉不幸。我曾经遇见过相当艰巨的困难，可是我想办法克服了。我只要再努力一点儿工作就行了。我本来以为可以退休了，我曾经有一笔不算小的积蓄，大约有20万法郎，可算是很可观的财富了。但是我们过得太阔绰。我修建房屋，费用可怕地超过了预算。总之，现在我要把它赔本卖出去，因为债主们天天追讨。你如果听说我破产了，千万不要惊诧，更不要悲伤，人们总是爱夸大。我将卖掉我所有的一切，这样就能付清债务，救赎我的名誉，你不会因你的父亲感到羞愧，放心吧！况且我还年富力强，我要价更高一点儿，顾客会允许的。过一些时候，我还能为你准备一份漂亮的嫁妆，如果你不急于出嫁的话。"

"啊！不要牵挂我吧。"获安娜说，"我还从来没有想到结婚，我也没有想到过自己的将来。只说你自己吧。是不是城里的这所房子，你精心布置的房子要卖掉？不，不行，你在哪里画画呢？……你到哪里去住呢？"

弗洛沙尔德见获安娜这么悲伤，勉强安慰她说，也许他能再得到债主的宽延。

获安娜担心她父亲劳累过度，她担心他的身

献给会讲精彩故事的**妈妈**和那个最会倾听的**孩子**

体。她假装平静，只是为了让父亲放心。她垂头丧
气地回到自己的房间。她暗暗哭了一整夜。她不敢
告诉费隆医生，她担心费隆反而责备批评她的父
亲。临睡前，她还打起精神，强作欢笑地跟费隆下
棋，躺在床上才开始悄悄流泪。

她睡得很少，梦也没有做。像别的日子一样，
一清早她便开始工作，想借工作排遣，但是，乐尔
想要累死她的父亲，这个想法总是在心里打转。如
果她的亲娘还活着，弗洛沙尔德必定是幸福的。

于是她在心里又哭起她的母亲来，这不像以
前，只是为自己而悼惜亲娘，这一次却是为了她的
父亲。亲娘的死亡带走了父女俩的幸福，她越想越
悲伤。她下意识地、机械地挥动画笔，没有考虑技
法。她追念着母亲，在心里对母亲说：

"你在哪里？你能看见现在的景况吗？你就不
想告诉我应该怎样去拯救、去安慰父亲？他被一个
外来的人踩躏得够多了！"

忽然间她感觉一股温暖的气息从她的头顶上掠

过，一个温柔的声音，像早晨的微风一般，在她的耳边轻轻响起：

"我在这里，你找着我了。"

获安娜打了一个寒战，回过头来，背后并没有人。在房里，除了白杉木的地板上被风摇动的菩提叶影之外，再没有别的动静。画纸上，已经描了一个隐约的侧面像，这是她自己先前描上去的。刚才她又描了头像，加深了头发的颜色，又在头发上加上一条丝带，额前缀了一颗星星，这是她在梦中看见的！她看着画像，有些发呆。这时，朗弗瑞特到房间里来收拾。

"呃！我的孩子。"那善良的女人挨近画板，"今天早上，你的工作，你满意吗？"

"还不是和别的日子一样，我的朗弗瑞特，我简直不知道我做了什么……可是你怎么了，看你，脸也白了，还哭了！"

"啊！我的老天爷呀。"朗弗瑞特叫起来，"怎么可能？这个侧脸是你画的吗？那么，你已经看过那一幅小像了？你临摹了它？"

"哪一幅像？我并没有模仿什么。"

"那么……那么……是幻影，是奇迹？费隆医生，快来看，来看这个！你怎样说这事儿呢？"

"什么事？出了什么事？"费隆正要来找获

安娜吃早饭，闻声走过来，"朗弗瑞特，是什么奇迹？"

他看了获安娜的画像，说道：

"她临摹了那个小像！画得很好，我的女儿，你知道吗？真的是很惊人的，真是太像了！可怜的年轻夫人啊！我想我又看见她本人了。去吧，女儿，拿出勇气来！你会超过你的父亲，画出更好的人像，这一幅画真美丽，它简直活灵活现。"

获安娜呆住了，望着她自己画的像，画上忠实再现了她梦中的浮雕石片的图景，但这是她想象中的作品。可是毫无疑问，朗弗瑞特和费隆说它逼真，是因为画像符合了他们的想象。她不愿意告诉他们，说她从来没有把那个小盒子打开过，她担心打开盒子后听到更多的赞美，她自己认为还配不上这样的赞扬。

在吃早饭的时候，她问费隆，他是不是真觉得那幅画像是她母亲的相貌。

"如果不是的话，"他说，"我怎么认得出来呢？你知道我是不会奉承你的。朗弗瑞特，"他叫道，"去把那幅画拿来。我还要再看看。"

朗弗瑞特遵从了。费隆噘着咖啡，很注意地盯着看。他不说什么，像是被吸引住了，获安娜焦急地想，他是不是改变了看法。正在这时，弗洛沙尔德先生来了，他来和医生一道喝咖啡。

"你在看什么？"吻过女儿之后，弗洛沙尔德问费隆先生。

"你自己看吧。"费隆回答。

弗洛沙尔德先生挨近那幅图画，脸色一下子苍白了。

"是她。"他动情地说，"是的，的确是我亲爱的尊贵夫人，我虽然从没有对人说起，我却没有断了对她的思念，这会儿思念更强烈了！喂！这是谁画的像，医生？哦，这应该是获安娜临摹的画像。多好的悟性！这幅画更高贵，更真实。这真是很出色的作品，我的学生没有一个能够画得出来。嘿！嘿！到底是谁画的？"

"那是……那是，"费隆狡猾地、迟迟疑疑地说，"我的……我的一个小学生，你不会不喜欢吧！"

弗洛沙尔德望着女儿。获安娜为了掩盖自己的情绪，故意把脸转过去对着窗子。弗洛沙尔德用眼神问费隆。其实，他已经明白了。他望着那幅图画，也许在挑剔，但实在找不出什么可以指责的地方。

获安娜不敢转过身来，她怕自己又在做梦。为了掩盖自己心里的紧张，她靠近窗子。太阳的红宝石般的光照进来。一阵昏眩之下，她看见一个美丽的身影，穿着绿色的衣裳，像是笼罩在淡绿色的雾中，正是她梦里的缪斯、戴面纱的夫人。她的面纱已经揭开了，那面纱在她的周围飘扬，她美丽的脸，正是她梦中看见的浮雕侧面，也正是荻安娜描画的，这会儿弗洛沙尔德正在惊奇地玩味。

荻安娜热情地向戴面纱的夫人伸出胳膊。夫人微笑着飘然而去：

"你会再看见我的！"

荻安娜好不容易才让自己憋住了欢呼声，她蹲在了窗边的椅子上。弗洛沙尔德和医生向她冲过去，心想她是生病了。为了让他们安心，荻安娜没有把刚才见到的幻象告诉他们。她问父亲对她的工作是否满意。

"我不但满意，"他回答道，"我简直高兴得要发狂。我要改正过去对你的看法，孩子，你心中燃烧着神圣的火焰，你的绘画技能，远远地超过了你这个年龄的其他人。继续画吧，不过别太累。永远不要满足于自己的成就。那幅画画得很好，我，我不再怀疑了，我很幸福！"

父女俩流着泪互相亲吻。荻安娜回到自己的寝室，朗弗瑞特不在，只有她一个人。荻安娜取出那个皮盒子，她跪在垫子上，吻着盒盖。接着她闭上眼睛，脑海里再次出现那个美丽的侧影，唔，她答应过要回来的。睁开眼睛，她真的又很清楚地看见了她，真的，和她所描绘的完全相同。这是缪斯，这是浮雕的侧影，这是梦幻，可是这真的是母亲，这是真实的母亲形象！

获安娜不想追问奇迹是怎样发生的。找到了母亲，这就够了。

破产

我不用把之后两年里的故事，按照日历一天一天地告诉你们。获安娜用大胆而谦逊的态度继续工作，她时常温柔和顺地向父亲请教。但他却不是每天都能接受新知识、新事物。获安娜不知不觉地走向了她父亲的反面。

当时的人们，喜欢仿古，却又不愿刻板地遵循古代的形式。妇女们把她们的高高的发髻压低，把扑了香粉的卷发松松地披在额头上。男人们穿着燕尾服，从前放在一只口袋里的长发，现在拉出来只用一条简单的带子扎着。还有人用玳瑁梳子绾在发辫上。弗洛沙尔德在他的画室里，就是这样的打扮。

大家也开始注意他的女儿，看见她穿得简单，根本不迎合流行和时髦，人们也不感到诧异了，弗洛沙尔德也不追问。对于自己老套的画法，弗洛沙尔德不免感觉愁闷和厌弃，因为社会生活影响艺术创新的趋向，又使得他张皇失措。他一向是用繁琐的服饰来掩饰形象的千篇一律，他的顾客眼看着越来越少了。他怎样能受得了身价降低的屈辱呢？人们开始认识并且尊重他女儿的才能，有人毫不忌讳地对他说，他应当寻求女儿的帮助，甚至可以让她来代替。可怜的弗洛沙尔德并不嫉妒获安娜的才能。但是，无论如何，他也不愿意让她放弃深入的研究、自由的创新，把艺术当作职业，赚钱来供乐尔挥霍。

　　这两个年头里，艺术家的境况越来越窘迫。弗洛沙尔德想用努力工作来挽救败局，他说就是累死了也情愿，但是他没有料到的事情发生了。工作一天一天减少，乐尔却不能节省她的开支，她从家庭里带走了全部积蓄，躲到尼姆的她父母家里，一年当中有四分之三的时光都耗在那里，只是到要钱的时候才出现在丈夫的面前，她的乐趣都在她的衣裙上。她一点儿也不顾恤丈夫，更不愿稍稍牺牲一点儿疯狂的享受。获安娜见她的父亲遭到遗弃，整天孤零零地闷闷不乐，她就搬回自己家来住。她的时间差不多都用来安慰她的父亲和费隆医生这两个老人。仆人几乎都被辞退了，朗弗瑞特管厨房，获安娜帮着料理家务，让过惯了阔绰生活的父亲，不至于反差太大。她让家里一切都井井有条。弗洛沙尔德按期付利息，好歹让破产延迟了很久才成为事实。但是，那一天终于来到了。债主们等待得不耐烦了，命人来占领了房屋、花园、小农庄，拿走了艺术品和所有的家具。

对于弗洛沙尔德说来，这是沉重的打击，他再也不能对女儿和他的朋友隐瞒真情了。他不得不逃到另外一个省里去寻找别的任何一种工作。可是他却招徕不到新顾客，因为客源是需要许多年的时间培养的。他在阿尔的礼拜堂里找到了工作，人家请他画童贞女、画圣神、画天使。起初，他本来想终于不用再画人像了，甚至有一个时期，他以为自己成了大师，能着手绘制神圣的图画，踌躇满志。可是人们对于童贞女和天使形象的审美也改变了。从前，人们喜爱微笑着的胖圣母，像路易十五时代的那样。可是现在人们希望圣母相貌严肃，不能像是乡村里漂亮的奶妈。弗洛沙尔德画的圣母，头顶金光，身体周围有玫瑰花瓣环绕，画面虽然很美，可却被大家当成了笑柄。出于对他的敬意，这些嘲笑没有当着弗洛沙尔德的面表示出来，可是已经传到了获安娜的耳朵里。她明白，如果父亲这一次再失败了，就再也振作不起来了。

有一天夜里，荻安娜见父亲走出了费隆医生的房间，她就走进去说，想跟医生谈谈。

"我的好朋友。"她说，"你知道我的父亲破产了吗？"

"是的，我知道。"费隆回答道，"完全破产了！他需要20万法郎，但没有人会愿意借给他。"

"但是，如果有人愿意担保呢？"

"只有疯子愿意。这等于把20万法郎扔进水里，你父亲永远还不清的。"

"你也怀疑他吗？"

"我不怀疑他本人，但是只要他好过一点儿，他的女人又要回来把他的钱弄得精光。"

"为了还债，至少，请你买下他的一所房子吧，然后你允许我和父亲住在里面，他去世后你再收回。我呢，我有谋生的技能，不会拖累你的。"

"你忘了，你的父亲还不满50岁，我已经是过75岁的人了。我买了他的产业，把钱用光，让他享受，然后说不定我会穷困而死。你希望这样吗？"

　　"不！我付给你房子的租金，我工作，戴面纱的夫人还会给我一个奇迹，我会赚钱的！试试吧，我的朋友。请你用担保的方法，把拍卖我们产业的事情拖延下来，你看等不到两年……"

　　"不要太着急了，"医生说道，"还有另外一个解决的办法，但是太认真了。我可以为了你至少买下你父亲在城里的房子和乡下房子里的所有艺术品。我也可以让他仍然住在他的房子里，保持他的习惯和舒适的生活。你们还可以把这所大房子租出去一半，收些租金来贴补生活。但是你且看看后果：乐尔将来一定会回到她丈夫家来，她会用喧嚣把你赶出门。在这一场本来不愿意参加的斗争里你根本支持不住，你只好再回到我身边来。你回来我当然很欢迎，但是你父亲就又要受她的控制了，仍旧要借债度日，因为她不能靠小小的一点儿房租过活。于是为了拯救你自己的名誉，只好放弃产业，你父亲还会像今天这样破产，可是你也跟着一道破产了，因为，我原先打算给你的嫁妆，也一并拿去做了你后妈的衫裙了。你该知道我是准备把我的财产平分给你和我侄儿的。你父亲的债务，差不多等

献给会讲精彩故事的**妈妈**和那个最会倾听的**孩子**

于我财产的一半。因此，如果我救了你父亲，就是牺牲了你的未来，这个推论像‘二加二等于四’一样的确定。”

“牺牲吧！那是应该牺牲的！”获安娜回答，声调坚定，好像她自己就是那个面貌清秀、举止娴雅、高贵优雅的仙女，“这些你从没有对我说起过，现在我知道，我的父亲能得救了，我就安心了。你总不能劝我为了保全我自己的将来，就把父亲抛在绝望和贫穷当中呀。”

“很好。”费隆医生说，“可是，我的家产，我的存款，换句话说，我的幸福，从明天起，就应该减少一半吗？”

“如果你把我嫁出去，不是也会减少一半吗？”

“我打算把你留在身边，我们一起生活。把你留在我家里，我不觉得有什么消耗，只觉得有家庭的幸福。你不会为了保证乐尔的阔绰生活，叫我受穷吧？”

“可是，”获安娜说道，“我打定主意要行使我的权利控制她，我会成功的。我也会付给你利息。相信我吧，我爱我父亲，我也爱你，我绝不会让你做了好事还要受苦，哪怕是最微小的痛苦。”

“唔，”医生吻了吻她的前额说，“让我想一

想。不管有怎样的后果，你的父亲总是要救的，除
非有什么意外。"

当弗洛沙尔德城里的房子和乡间的房子一同拍
卖的时候，费隆医生花高价买了下来。并不是获安
娜之前想的那样只买一处房子，他把两所房子一起
买了下来。他不愿意让获安娜卷进后妈与她父亲争
斗的漩涡，他深知弗洛沙尔德在后妻面前的软弱，
不愿意获安娜与他们绑得太紧。这一点他没有对弗
洛沙尔德泄露。

"朋友，"他对弗洛沙尔德说，"我抱歉不能
拯救你逃离破产，现在你什么都没有了。但是，既
然是我买过来，你没有债务了，可以平静地生活。
你到你女儿家来住，我把从你那里买过来的房子租
给她了。她将把这房子的大部分，也就是以前用来
开舞会宴请宾客的部分，用来出租。而且你们两个
人的绘画收入，也足够你们生活了。她打算在你的
旁边工作，她一面钻研画技，一面也可以招徕更多
的顾客到你的画室里来。她受人赞赏，不是没有理

由的。只要她愿意，她会有大批订单。"

弗洛沙尔德谢过费隆医生的好意，可是他说如果他夫人要回家，就得另找住处。

"如果那样，"费隆先生又说，"你夫人就是你女儿的房客。"

"我夫人绝不会同意的呀！她太骄傲了，她会借口我没有房子给她住跟我离婚的，她绝不愿意欠我女儿的人情。"

"这不是借口。既然她有钱，她就给女儿付房租饭钱。这也是她一直推掉的责任。她有点儿过分。"

弗洛沙尔德觉得费隆说得对。说真话，他夫人实在把他弄得太惨了，他不应当对她有歉意。现在这样，他一点儿都不觉得屈辱。他温和、诚实、信任别人，他希望债务还清后，又能顾客盈门。

重游比克多尔堡

弗洛沙尔德又转运了。人们不敢相信破产的人，纷纷远离他，因为谁都怕受牵累。债务还清了，诚实的艺术家在画布前满怀希望地等待来找他画画的客人。顾客微笑着对画家表示敬意和关怀，请他画像。获安娜也在父亲旁边竖起了画架，沉静地期待客人把孩子带来。她宣称给孩子画像是她的专长，实际上为的是避免和父亲发生冲突。

获安娜表现出超过她年龄的坚决，这是因为担当了责任。她自己觉得修养太浅，担心画不好。她心里暗暗请求她的母亲，那位美丽缪斯的神助。在她心目中，母亲就是缪斯。

她第一次给孩子画像的前一夜，她找出好久不看的巴库斯小石雕头像。她觉得它比从前更可爱了。

"亲爱的小神灵，"她对它说道，"就是你，启发了我艺术的灵感。现在请你把那个不知名的艺术家藏在你这里的秘密告诉我吧。如果我能够像他一样，留下像你这样美妙的作品，我宁愿不为人知。"

获安娜还不敢画油画。她用当时很流行的彩色铅笔作画，一出手就画得很出色、很生动，周围20里以内无人不称赞她。从此以后，凡是找她父亲的顾客，也都要找她画。贵族和有钱的雅客喜欢在画室里聚会，父亲和女儿一起工作，父亲的谈吐让人愉快。女儿沉静而谦逊，虽然美貌却很沉稳，不会引起别的女人嫉妒。人们还记得弗洛沙尔德夫人轻浮的神态、夸张的穿戴、尖厉的声音，大家庆幸不用面对她。从前人们来闲聊，那是因为时髦、追风。现在来这里却是为了彼此交流，这里有一些品质高尚的朋友。

　　一年时间过去了，弗洛沙尔德和女儿的生活俭朴而从容，该付给费隆医生的房租也按时交。费隆把收来的钱都用获安娜的名义存起来。他已经在遗嘱上写明把他所有的遗产都留给养女。不过他从没对她提起，一则为了顾全弗洛沙尔德的体面，再则为了激励获安娜，三则不让弗洛沙尔德夫人挥霍无度。

　　可是乐尔还是回来了，因为她打听到债务已经还清，丈夫的业务又很兴旺。她父母家不怎么富裕，过得很俭省，她住得不快活。在那里，她几乎看不见时髦的衣裳，而且她漂亮的衫裙也没有观众。她回来时，获安娜尽责地迎接她，弗洛沙尔德夫人起初好像受了感动。过了几天，她就想加入社交，但是她受到了客人的冷淡，她的唠叨没人想听了，她漂亮的衣衫和珠宝，穿戴起来炫耀也没人欣赏。大家觉得她太不懂规矩，谈吐也太轻佻，总之，人们觉得她哪儿都非常不合适。她感觉到没有人再喜欢她了，于是不到画室里来，到外边去串门儿，她还是受到了冷遇，她冒昧拜访的人家也极少有人回拜。

　　于是乐尔改变穿着风格，要么穿得像马尔布洛的寡妇，要么穿得像个虔诚的清教徒，可惜因为不是出自诚心，人们觉得别扭，纷纷躲着她。事情越来越糟糕。从前她自私轻浮，现在又加上了嫉妒和凶恶。她说别人的坏话，诽谤别人，污蔑别人。她用谩骂、控诉和急躁、愤懑扰乱家庭生活。

获安娜总是温和地忍受一切，因为她看到父亲对这个轻浮的女人还有点儿眷恋。她想方设法让后母留在这个家庭，但是矛盾还是不可避免。在大是大非面前，获安娜一点儿也不让步：乐尔放肆地要把房子改变成从前那种样式，她要像从前那样生活。她算计丈夫赚来的钱，她想把所有的房客都赶走，像从前一样地接待宾客。她把获安娜当作仇敌，说她是暴君，又说她是不可理喻的悭吝人。

获安娜痛苦极了，为了能安静地工作，有好多次，她想搬回费隆医生家去住了。可是想到父亲，她又忍了下来。

有一天，一位年轻的夫人来拜访获安娜，这是布朗士·德·比克多尔子爵夫人，原先的那位比克多尔小姐，不久以前，嫁给了她的一位堂兄。她还是那样漂亮、贫穷、不满意自己的命运。但是对于姓氏，还是那样地骄傲，更满意的是，嫁了人，还没有把贵族的姓氏丢掉。她把丈夫介绍给获安娜。这是个不懂世故的男孩，相貌平庸，有点儿呆傻。但是他是比克多尔一个真正的名门望族后裔，布朗士认为除了他没有别的男人更配得上自己。

布朗士虽然还是很倔强，可是说话显得和气一些了，因为她到底是个聪明人。她朝获安娜殷勤地打招呼，她赞美获安娜的才干，不像从前一张嘴就是鄙视的话语。获安娜第一眼就认出了她，表示很高兴再见到她，告诉她，她的姓氏和她本人让自己重温孩童时甜蜜的回忆。获安娜请求允许为她画像。布朗士欣喜若狂，就像从前得到蓝宝石坠子时那样兴奋。她想到漂亮的面孔将要被一位能手描绘下来，她就激动得不能自已。但是她没有钱，获安娜明白她为什么迟疑。

"这是我请求为你服务。"她对她说道，"描绘一张完美的脸，在我是一种快乐，不是每天遇得到的，因为越是难画，我越是能有进步。"

其实，获安娜只是想为自己童年漫游的奇遇偿付宿债。布朗士不可能了解这种神秘高雅的心愿，她还以为人家真在敬佩她的美貌哩！她故意推辞，让人一再请求，其实心里很害怕别人错认了她的真正的意思。她在阿尔只能耽搁几天，她家的经济情况不容许她在一个奢华的城市里久住。况且她的丈夫正忙着狩猎，催她赶快回到他们定居的乡里去。

"时间不会长，"获安娜回答道，"我只为你用白、黑、深红三色铅笔，画一幅素描。假使成

功，一定很漂亮，我只要你一个早上的时间。"

布朗士穿上一身天蓝色的衣裙来了，那颗蓝宝石坠子系在颈上的一条带子上。

荻安娜绘出一幅最好的图画，子爵夫人看到画上的自己那么漂亮，感激的眼泪在她的蓝眼睛的黑色长睫毛上滚动。她抱吻荻安娜，请画家到城堡里去做客。

"到比克多尔城堡吗？"荻安娜惊诧地对她说道，"你告诉我你还是和父亲住在一起。你是不是已经把旧日的府第修复了？"

"不是全部。"子爵夫人回答，"我们还做不到，我们恢复了一座小阁楼，下个月就搬进去。那里有一间招待朋友的房间。如果你能来第一个住下，你就是世界上最可爱的人了。"

这个邀请是诚恳的。布朗士还说，她的父亲很想见到荻安娜和弗洛沙尔德先生，他常常想念着画家，当他听见别人谈到画家时，他总把画家叫作他的朋友弗洛沙尔德呢。

　　获安娜很想再去看看比克多尔，她答应尽量争取下个月去，她的父亲能不能一道去，还说不定。因为很久以来，他就劝她短期旅行一次，消遣一下，哪怕是去芒德城看看她的修女姑姑也好。比克多尔就在旅程必需经过的地方，可以转个弯路顺便到那里去的。

　　当知道获安娜想休息几天，乐尔就大发脾气。她已经打听清楚获安娜赚的钱比她的父亲还多，这个女儿是一个更受欢迎的画师。获安娜休假，就会影响家庭的收益。乐尔用尖酸的言语指责获安娜，让获安娜气愤到了极点：两年以来，开源节流，不停地工作，只是为了挽回这个游手好闲的无用女人造成的损失，现在只是一两个星期的自由活动，乐尔却斤斤计较。

　　获安娜过得很艰苦，费隆医生屡次邀请她去参观意大利或者巴黎，并且说只要她愿意，他随时可以带她一起走，她都谢绝了。获安娜本来是热切地愿意接受邀请的，可是她不愿对这个诱惑让步。她觉得，休息、游玩，对她来说还是太早了一点儿，父亲还没有完全恢复以前的好状态，她不能离开几个月时间。

　　当她看到，乐尔对她的"感谢"，就是限制她休息几天的权利，荻安娜对自己的工作几乎灰心，差一点儿要高声抗议。可是她克制住了，她平静地回答说，她很快就会回来。在准备行李时，后妈有一二十次横加阻挠，医生和朗弗瑞特不得不出面干涉。

费隆医生含笑对养女说，如果她再幸运地看见什么神灵，要好好记在笔记本上，将来讲给他听，也像过去那样地有趣。

到圣·约翰村要走两天，医生的侄儿马斯南·费隆先生，也已经是有名望的大医生了，愿意陪伴她们主仆俩赶路。荻安娜很高兴又遇见了旧日的车夫诺马列西。她租了一辆小车，赶往比克多尔。她们没有遇到什么意外，顺利到达城堡。

布朗士修复的那座阁楼，就是古老的"荻安娜的浴室"。荻安娜想再看看戴面纱的夫人的雕像，一时没找着，几乎战栗起来。她叫诺马列西和朗弗瑞特往前面去，她越过新建的矮矮的篱笆，轻快地爬上了破碎了的石阶。

大约是午后四点钟的光景，太阳开始偏斜。

荻安娜看到露台的沙石上有雕像的影子，她的心立刻欢腾地跳动起来。她望着雕像出神。在她的记忆里，雕像是巨大的，事实上它不过真人大小。跟她记忆里不太一样，它有一点儿装腔作势的神情，它的衣服的褶皱太深，太容易破碎，但它还是漂亮文雅的。荻安娜看见它就天真地送了一个吻，可是雕像却没有回送给她，荻安娜有点儿失望。

露台仍旧像从前一样地荒芜。丛生的野草从来没有人去践踏过。荻安娜看出从来没有人到过这里来散步，后来她才知道因为布朗士很怕蛇，把小小无害的蛇也当作毒蛇，自己从不到废墟里去，也不让别人到那里去，可是她却住在这些败瓦颓垣当中。荻安娜一面欣赏这个地方，一面却诧异这片从前使她神往的荒凉凌乱的废墟，还没有被那些讲究生活的人加以改造。

神灵的教诲

荻安娜自己从废墟里找出一条直接到阁楼的路。布朗士跑出来迎接她，夸张地热情寒暄，请她走进那座由浴室改成的阁楼。这里，荻安娜曾经度过她生命里最值得纪念的一夜。唉！可是一切都改变了。圆形的建筑已经改成了一间类似客厅的屋子，旧日的浴池也不存在了。大理石重新雕过，雕有花藤的穹形天花板漆成生硬的蓝色，最可惜是那一群林中仙女已经不在圆壁上轻快文雅地跳舞。有穹窿的回廊清除了废石和野草，改造成一个菜园。泉水出口围了一道井栏，一群母鸡在小园子里扒搔，这本是从前的温室，地上还铺着带云斑的红石。新栽的桑树好像还没有适应水土与气候。一条小径一直通到新路，不需要穿越从前的园圃和废墟了。比克多尔堡的主人，退缩到祖先巢穴的一个角落里，尽力躲避着这一片废墟，不从那里经过。

获安娜随口赞扬了几句，可是内心充满惋惜。这所住宅，假如让她来布置，绝不会像这样地煞风景。可是布朗士对她的改造非常满意，根本不打算接受任何批评。侯爵和女婿也回来吃晚饭了，女婿的皮肤是红棕色的，无论是唤狗还是讲话，声音都很尖锐，每讲一句话，必定伴随着一阵大笑，大家都不知道什么事情让他那么开心。侯爵仍旧是那样有礼貌、多情、自恃、多愁。他殷勤地接待获安娜，他没有忘记她前次的拜访。跟着他问了一大串奇怪的问题，就像对小孩发问。这个好人的生活，实在脱离了真实的世界，他的生活范围渐渐缩小，可是他又要表现得迎合潮流，反而更加暴露出他对现实世界的无知。

布朗士比较精细，她稍微呼吸过一点儿城堡外边的空气，为她父亲的古板迂腐而苦恼。她的丈夫说话前言不搭后语，粗鲁失礼，她更加苦恼。她轻蔑地鄙薄两个男人。获安娜很怀念比克多尔昔日的静寂，她自责为什么离开父亲和蔼的清谈和费隆医

献给会讲精彩故事的**妈妈**和那个最会倾听的**孩子**

生有趣的对话，来听这三个蠢材的瞎扯，她实在不能再和他们待在一起。

她借口说有一点儿累了，就告退了，她进了那间被主人装饰成招待贵宾的小屋子。可是她睡不着。新近涂的油漆气味太大，她打开了窗子。

于是她看见窗户外边有一个小楼梯，斜靠着墙，这是旧日建筑遗留下来的，还没有撤去。夜色很美，荻安娜披上外套走了下去，很高兴只有她一个人，像从前那样走走。这次散步她没有遇见任何精灵，但是她欣赏到了月光照在废墟上的美景。她爬到岩石上俯瞰城堡，这里，那里，一块一块的大石头，堵塞了河床，描绘出一团团的黑影，周围像是有千万粒钻石在闪烁。枭鸟像小猫似的啼叫，萱草和羊齿草发出醉人的幽香。一种深沉的静默，控制着宇宙，老树的枝丫静止不动，恰像露台上石刻雕像的装饰一样。

荻安娜沉溺在安宁的境界，回忆涌上心头。她又一次看见了她的童年：对一切好奇的年纪，多病羸弱的身体，对于神秘理想的追求。她的失望，她的热情，她的愁苦，她的努力，她的成功和她的希望。想着想着，她有些发愣：她的将来是模糊的，是神秘的，正像过去的某些日子一样。她明白，在维持她的独立和自尊的基础上，她必定要前进，应该有大的飞跃。她是不是能够进入一个新的发展阶段呢？她是不是能够摆脱现在的处境，摆脱她习惯的生活和日常的任务，旅行、认识、学习、提升境界呢？她父亲本来是应该能越过这个界限的，但他因为服从一个只在艺术里看到钱的女人，困住了脚步。

获安娜感到，自己也被这同一个女人牵连住了，阻挡着了，伤害过了。回忆起这么些年来内心斗争的许许多多时刻，她知道她母亲无疑地把宝贵的忍耐力遗传给她了。于是她热切地请求神灵进入她的思想领域里，来帮助她，指点她，恰像当年神灵的容貌进入她的想象领域里来，将美丽和崇高显现给她一样。

为了不抛弃她的父亲，她是不是应该放弃精神上最高的快乐和追求呢？她是不是应该违背那慈母般的缪斯的声音呢？神灵带领她走进了美丽的艺术天地，给她指出一条看不到尽头的道路，是艺术家，就不应该停留。

她反省着，不觉来到戴面纱的夫人的雕像前，这是她人生的第一个导师。她靠在雕像的石座上，抚着它冰冷的脚。她好像听见一个声音，好像是雕像发出来的，在她心里引起了强烈的共鸣，那个声音说：

　　"把你的前途，交付给照顾你的神灵吧。依靠我们两个，便能实现理想。只要把现在当成一个过程，即使在休息的时候，其实你也仍然在学习、在修炼。不要以为生活中的职责和高贵的理想只能选一样。繁琐生活中的职责和高贵的理想可以并行不悖，它们彼此互相帮助。也不要以为抑制愤怒、忍受艰苦会有损创作的才气。它们不仅有利于才华，而且还能刺激才华的发展。你要记住，你是在眼泪里找到你的榜样和精神支持的，相信在你勇敢地忍受痛苦的时候，你的才华会不知不觉地增长。智慧、健康不在舒适和懒惰里，它只在斗争和胜利中。"

　　荻安娜大彻大悟，她回到房间里，半开着窗子，睡得特别香。

　　第二天她感觉周身有一种适意的平静。她不急不躁地接受了侯爵的愚鲁和他的女婿粗暴的言行。她甚至把她的好脾气传染给布朗士，不管布朗士愿不愿意，荻安娜把她牵去游览废墟。

费隆医生不仅教会获安娜认识艺术美，他还教会获安娜也能捕捉自然美。他曾经教获安娜怎样在散步时发现乐趣。获安娜出发前，费隆叫她在旅行时给他带回一些稀有的塞文山脉特有的植物，如木犀草、虎耳草、狗舌草、牛皮削、月见草等等，获安娜在废墟里找到了，仔细采摘了好多。她也为自己采摘、收集不那么名贵却很妩媚的花草，如岩石上的委陵菜，草原上的蓝枕牛儿苗和多节的状牛儿苗，生长在溪边岩石上的开出无数粉色花朵的石碱草，长在废墟阴湿地方的凤吕草，在露台荒草里开金黄色花的毛茛草等等。在寻找这些小花的时候，获安娜捡到一枚不成形的钱币，上面厚厚地盖了一层铜锈，她交给布朗士，说留心洗洗，但不要刮削。

"留着你自己用吧。"子爵夫人回答道，"如果你觉得这些旧铜子有价值的话。我一点儿也不认识，我还有很多，我一点儿用处也没有。"

"你拿给我看看吧。"获安娜又说道，"我也不大认识，只是我能够把那些有趣的辨别出来，再得到博学的费隆医生的帮助……据他说，我的手就是走运的手。也许你不知不觉攒了一笔小小的财富哩！"

"我愿意分文不取送给你，我亲爱的获安娜！

它们都是铜的，也许有很薄的一层黄金，或者是已经发黑的银子。"

"价值不在那里！如果寻出宝贵的东西，我会告诉你，并且把价值送还给你。"

获安娜看见侯爵昔日收集的徽章扔在角落里，就说，它们不是一概没有价值的，她要去请专家鉴定。

早晨她到山顶上看日出。她信步一个人走去，站在岩石的凹凸不平的地方，前面是一帘可爱的小瀑布，水波把太阳的光辉跳跃地反射在野蔷薇和丝绒般的铁线莲当中。因为日光只照在山的侧面，获安娜领会到光线神秘的变化，从炫目以至柔和，从火烧的色调以至冷淡的色调，中间的过程，是描绘不出地和谐。她父亲时常跟她谈到中立的色调。

"父亲，"好像他站在身旁一样，她轻轻叫道，"没有中立的色调，实在没有！"

她为自己的冲动笑了一笑，舒适地玩味着宇宙的启示，玩味着从天与地、叶与水、青草与岩石得来的启示；从驱逐黑夜、刺穿黑夜面纱的曙光得来的启示；从静穆柔顺、慢慢退走的黑夜得来的启示。获安娜现在想，在素描之外，她也可以学油画了，她的心怀着希望与欢乐，禁不住战栗起来。

离开城堡前，她经过雕像旁边时，再次停留

下来，她记起前夜听见的声音，此刻还在心里鼓动着：

"如果真是你对我讲了那些话。"她想，"那么，昨天你深深地教育了我。你让我懂得，坚定决心比一次畅快的旅行更有价值。你教我含笑走出责任的监狱，我答应了你。你看，今天我在艺术里，得到一个令人沉醉的胜利。我的思想境界提升了，我感觉得到，我看见了新的美景！我似乎获得一个新的能力，看得更清楚，看得更远；同时，意志更坚定。谢谢！啊，我的母亲，啊，我的仙女！感谢你，你让我找到了生命真正的秘密。"

获安娜离开比克多尔堡，到芒德去住了两天。回家后她又恢复认真工作，她试着作油画，并不对人说什么。她把受到人们称赞的画像借回来，每天早上临摹两个钟头。她用心注视着父亲的工作，他时常为礼拜堂画浓色的童贞女，因为画得多了，技能非常熟练。她聪明地取长补短。

她尝试用油画给孩子画像，人们说她创造了天使。她的名声传播开了。乐尔觉得，这个被她憎恨却很能忍耐的女儿。简直成了一只下金蛋的母鸡，她想，现在不应该把它杀掉。她变得和气、变得好说话了，她不再咒骂，还时常做出亲热的样子来，假装关心这个女儿。她不再抱怨缺少新衣服，她开始说感到幸福。因为荻安娜甘愿自己穿得简朴，心甘情愿给后妈添置新衣裳。于是乐尔也不再找丈夫的麻烦。弗洛沙尔德由于女儿而有了幸福的生活，他的聪明劲儿又回来了，好像他前妻活着的时候一样。

有一天，比克多尔子爵夫人来找荻安娜，在一大堆转弯抹角的话之后，才支支吾吾地开始诉苦。她说因为改建阁楼费用超过了预算，她丈夫为了付一笔款子十分窘迫。这笔数目实际很小，可是对他来说却是很大，他付不出来，也找不到人借。

她还说，如果荻安娜对于比克多尔堡还有艺术家的热情，她情愿把它舍弃掉，她想把旧日苑囿里的一部分，以极便宜的价格卖给荻安娜。

"我亲爱的子爵夫人，"荻安娜说，"我真有那种奇特的癖好，也应该等待你真正讨厌了祖先的城堡以后。不过你并没有必要去作那样的牺牲。我没有忘记你的古钱。鉴定它们要花许多时间，现在结果出来了，我高兴地告诉你，那里面有三四枚是很有价值的，特别是我自己拾到的那一枚。我正要写信告诉你，博物馆和收藏家还有费隆医生愿意付出的各种价格。既然你来了，我建议你自己去同费隆医生商议一下。我先告诉你，如果你今天能接受那些价格，你能得到的将是你所需要的两倍。"

布朗士喜出望外，抱住荻安娜，把她叫作保护天使。荻安娜和费隆医生商量着，尽快把事情办好，很快就把这笔财富交付给她。布朗士满怀快乐地回去了，临行还再三邀请荻安娜。

可是荻安娜对于比克多尔堡没有占有的欲望，她不想在物质上占有它。在精神上，她已经拥有了它，她闭眼一想，那幻象就出现在她的眼前。从前欢迎她的仙女，已经离开了城堡，追随在她身边了。这个启示凡人的仙女，现在同她住在一起，而且不管她走到什么地方，她们总是在一起。仙女为荻安娜修造起无数的城堡，无数充满了神秘的宫殿，仙女把荻安娜所希望的一切都给了她：山林、江河、天上的星星、地上的花和鸟。在荻安娜的心灵世界里，这一切都在笑；在荻安娜的眼睛里，这一切都在闪烁。荻安娜每天都在认真工作，一个时期以后，她就有了新的进步，又进入了艺术上更高一层的境界。

还要我把她后来的生活给你们讲下去吗？孩子们，你们猜得着的。荻安娜的生活高尚、舒适，她精美的作品广受欢迎。荻安娜在25岁的时候，嫁给了费隆医生的侄儿，那位出色的干哥哥，一位好品质的青年。她的生活很富裕，能够做慈善事业。在许多善事当中，她建立了一所专收贫穷女孩的学艺工厂，她在厂里不收报酬亲自教育她们。她和丈夫经常旅行。她经常回到家乡看望她的老朋友费隆医生、她的父亲，还有她的后妈。

她很幸福。她会永远幸福下去。

编后记

　　我们所熟知的儿童文学作家，如格林兄弟、安徒生、贝洛尔、班台来耶夫、盖达尔等，他们一生专注于儿童文学作品的创作，终其毕生精力为少年儿童们奉献了为数众多极其优秀的、适合孩子阅读的精品。如格林童话、安徒生童话等经典名著，经久不衰，为一代代儿童的成长提供了精神滋养。

　　我们也注意到，与此同时，历史上的那些文学巨匠们在为成人创作文学作品的时候，也关注着儿童的阅读，为少年儿童创作了数量不可小觑的经典著作。如列夫·托尔斯泰，他的代表作是《战争与和平》、《安娜·卡列尼娜》、《复活》，在极负盛名的日子里，他还花了整整三年的时间，写作了文学风味浓郁的儿童启蒙读物《傻子伊凡的故事》、《儿童故事》。他还在不同场合宣称这些著作比《安娜·卡列尼娜》还要好。再比如阿·托尔斯泰，他的代表作是《苦难的历程》、《彼得大帝》，但他的如椽大笔也写就了《小哥儿俩》、《尼基塔的童年》、《小木头人历险记》等儿童读物。还有《鲁滨逊叔叔》，是凡尔纳为儿童创作、并第一次把儿童作为文学人物放进故事中的小说，凡尔纳试图使《鲁滨逊叔叔》与于1816年在法国出版的威斯的《瑞士鲁滨逊》相媲美，甚至超过它。再如吉卜林的《儿童最爱的故事书》、乔治·桑的《祖母的故事》、迈克尔·杜瑞斯的《晨曦与星仔》等儿童读物。这些著作毫无疑问都受到外国少年儿童读者的青睐。还有狄更斯、罗斯金、歌德、普希金、果戈里、马克·吐温、斯蒂文生、王尔德、大仲马、都德、朗费罗、马雅可夫斯基、卡达耶夫、萨多维亚努、拉格洛孚等等，尽管罗列出这一长串的名字，还是不免于沧海遗珠，其实类似的作家远远不止于此。

　　这些大作家所创作的儿童文学作品，如颗颗珍珠散发着华丽光辉。虽然在国人的阅读书架上偶尔出现，也总是被纳入作者各自的文集中，这样一来，就与众多少年儿童读者失之交臂。现在我们将这些遗漏在成人世界中的儿童文学精品逐个挑选出来集结成册，希望能将先辈们呕心沥血创作的"小童书"的作用发挥到极致，也希望后代们从孩童时代起，就在大文豪们专为儿童创设的文学殿堂里得到教益。

图书在版编目（CIP）数据

祖母的故事 ／（法）乔治·桑著 ；黄清华译. —— 长春：
吉林美术出版社，2015.3
（大作家小童书系列）
ISBN 978-7-5386-9289-1
Ⅰ. ①祖… Ⅱ. ①乔… ②黄… Ⅲ. ①童话－作品集
－法国－近代 Ⅳ. ①I565.88
中国版本图书馆CIP数据核字(2015)第012474号

大作家小童书系列

祖母的故事

作　　者	[法]乔治·桑
译　　者	黄清华
出 版 人	赵国强
责任编辑	陈　鸣
责任校对	刘明辉
技术编辑	郭秋来
封面设计	蒋　津

插　　图	李金萍
开　　本	787mm×1092mm　　1/20
印　　张	9.2
版　　次	2015年3月第1版
印　　次	2015年3月第1次印刷
出版发行	吉林美术出版社
地　　址	长春市人民大街4646号
	邮编：130021
电　　话	0431-86037892
网　　址	www.jlmspress.com
印　　刷	吉林省吉育印业有限公司

ISBN 978-7-5386-9289-1　　定价：15.80